講談社文庫

密室殺人ゲーム・マニアックス

歌野晶午

講談社

目次

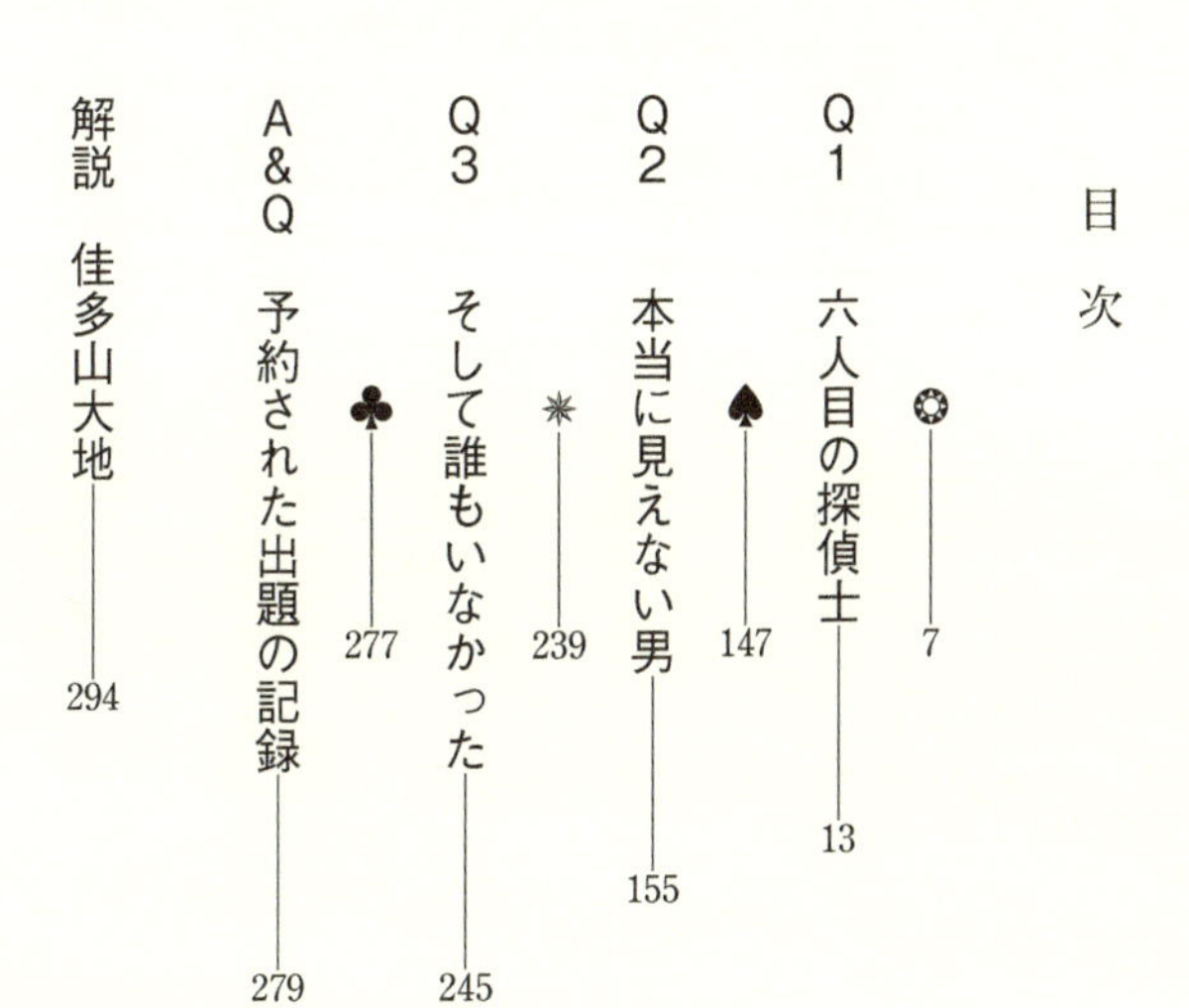

密室殺人ゲーム・マニアックス

◎

パソコンのディスプレイの中に、小型ビデオカメラ（ウェブカム）の映像が映し出されている。映像は全部で五つあり、それぞれのウインドウの上部にはタイトルがついている。

〈伴道全教授（ばんどうぜん）〉のウインドウに映るのは、怪人のバストアップである。髪は鳥の巣のようなアフロで真っ黄色、レンズに渦巻き模様が描かれた牛乳瓶の底のような眼鏡、口元は青々とした髭（ひげ）の剃り跡、よれよれで染みが浮かんだ白衣——コメディに出てくる類型的なマッドサイエンティストのようなそれは、アメリカの探偵小説作家、ジャック・フットレルの「思考機械（シンキング・マシン）」シリーズに出てくる超人探偵、オーガスタス・S・F・X・ヴァン・ドゥーゼンのコスプレ（デフォルメ七割増量）らしい。黄色い髪は鬘（かつら）、グルグル眼鏡はパーティーグッズ、髭の剃り跡はペイントである。頬がやや膨らんでいるのは、声を変えるために綿を含ませているためだ。

〈頭狂人（とうきょうじん）〉のウインドウには漆黒の兜（かぶと）が大映しになっている。鉢だけでなく、顔全体をすっぽりと覆い隠すそれは、シスの暗黒卿、ダース・ベイダーのマスクである。

〈aXe〉には、これもウインドウいっぱいにアイスホッケーのマスクが映し出されている。映画「13日の金曜日」シリーズでジェイソン・ボーヒーズが着用していたもののレプリカで、インターネットオークションで三万円で落札したという。

〈ザンギャ君〉のウインドウに映るのは、カメである。太い四肢と鉤爪が恐ろしい、それでいて顔はタヌキのような愛嬌のある、カミツキガメ。模型やぬいぐるみではない。水槽の中央でじっとしているが、時折厚ぼったい瞼を重たそうに開く。輸入も販売も飼育も禁止されている特定外来生物なのだが、千葉の印旛沼で拾われ、ここでひそかに飼われている。

〈044APD〉のウインドウには、人の上半身のようなシルエットがある。カメラのピントがずれているような、あるいは磨りガラスを通したような、ぼやけた映像である。髪は黒、顔は小ぶりで卵形、なで肩、服は青系統――それ以上は判断のしようがない。

〈伴道全教授〉〈頭狂人〉〈aXe〉〈ザンギャ君〉〈044APD〉――パソコンのディスプレイの中にあるこの五つは、AVチャットのウインドウである。タイトルとなっている奇妙な名称は、チャットをするうえでの仲間内の呼び名。

異なった場所にあるパソコンをインターネットの高速回線で結び、映像と音声の双方向通信を行なうコミュニケーション技術――二十世紀の昔、夢の未来として語られていたテレビ電話は、二十一世紀の今日、こういう形で実現をみた。ウェブカムとAVチャットソフトが標準で装備されたパソコンも多く流通しており、AVチャットはごく普通の人々が日常的に用いるコミュニケーション手段の一つになっている。

しかし、〈伴道全教授〉〈頭狂人〉〈aXe〉〈ザンギャ君〉〈044APD〉――このAVチャットで行なわれているのは、ごく普通の人間によるいたって常識的なコミュニケーションとは違った。

通常AVチャットでは、ウェブカムのレンズに素顔で向かう。しかしここでは誰もが素顔を隠していた。〈伴道全教授〉は過剰な変装をし、〈頭狂人〉と〈aXe〉はマスクを、〈ザンギャ君〉は自分はカメラに映らず、〈044APD〉はピントをぼかしと、いずれも素顔がわからないよう細心の注意が払われていた。それはこのAVチャットが、わけありのものだからである。

このチャット上ではゲームが行なわれていた。奇抜な仮装を競い合っているのではない。殺人推理ゲームである。

市井(しせい)で発生した殺人事件について、犯人像は、手口は、動機は、現場に残されたアルファベットの意味はと、ああでもないこうでもないと素人推理をぶつけ合うことは珍しくはない。テレビや雑誌でも日常的に行なわれている。〈伴道全教授〉を名乗る者が行なっているゲームも、基本的にはそういう類いのものである。現実に起きた殺人事件の謎について推理する。

ただしこの推理ゲームは、世間一般の野次馬的推理談義とは、一つの、しかし決定的な違いがあった。

ここで俎上に載せられる殺人事件は、すべて自作のものだった。まず自らの手で人を殺し、その謎を解いてみろとチャット上で問題を出す。

智慧を絞って考え出したトリックに架空の人物や場所を配置して、犯人当ての小説として披露するのではない。智慧を絞って考え出したトリックを、実在の人物に対して使ってみる。つまり実際に殺人事件を引き起こすのだ。それをクイズとして出題する。

恨みでも憎しみでも口封じでも金のためでも劣情からでも嫌がらせでもなく、思いついたトリックを実際に使ってみたい、ただそれだけのために人を一人、時には二人、三人、十人でも殺す。そしてそれをチャットで自慢げに披露し、和気藹々、酒でも飲みながら推理講義に花を咲かせる。

倫理はない。冷血というのとも違う。冷たい、温かいという感覚すら、そこには存在しない。

これが社会的に許されないゲームだという認識はある。しかし躊躇(ちゅうちょ)や後ろめたさはない。あっさり一線を踏み越えてしまう自分に酔っている。

斬新なトリックで人を殺したい、そして人を驚かせたい。

密室殺人ゲーマーはさらに一線を踏み越える。

Q1　六人目の探偵士

1 of 9 (五月十三日)

「暗がりから襲いかかる大男、髪の毛一本のタイミングで岩石のような拳を躱し鳩尾に肘打ちを入れる主人公。大男が悶絶する隙に出口に急ぐが、今度は左右のドアから敵が出現。驚きのあまりつんのめり、ドミノ牌のように倒れてしまう主人公。しかしこれが意表を衝き、目標を失った敵の同士討ちを誘う。回廊では銃撃を受けるも、間一髪柱の陰に身を隠し、弾が切れたタイミングで次の柱まで駆け抜け、その繰り返しでエレベーターまで到達、グレネードランチャーからの一発も、これまた間一髪でドアが閉じたことにより回避。ホッとしたのも束の間、エレベーターの天井が開き、クナイをくわえたニンジャが！　泡を食って後退するも、ここは狭い箱の中、鉄の壁に囲まれて行き場がない。もはやこれまで⁉」

〈aXe〉のウインドウにジェイソンのマスクが大映しになっている。口の動きはマスクに隠されて見えないが、ウインドウの下部には棒グラフ状のデジタルのレベルメーターがあり、音声と同調して、右に伸びたり左に縮んだりしている。

「何が言いたいんだよ、オメーは」

〈ザンギャ君〉のウインドウの下にもレベルメーターがあり、音声と同期している。レベルメーターは、〈頭狂人〉〈伴道全教授〉〈044APD〉のウインドウにもついている。

「激しい衝撃が主人公の全身を包み込む。やられた！　いやいや、そうではない。エレベーターが急停止したのだ。後退して壁にぶつかった際、偶然にも肩が非常停止ボタンを押したらしい。そしてニンジャは急停止にバランスを崩し、エレベーターの屋根から地下の奥深くに落ちていった」

「だーかーらー」

「エレベーターを降りたあとも、クロスボウを放たれたりチェーンソーを振り回されたりサムライソードで斬りかかられたりするが、なんだかんだでことごとく回避し、エントランスのドアには電磁ロックがかかっていたのだが、敵の誤爆により制御盤が壊れるという幸運があり、主人公はついに第三研究所から脱出する。そして盗み出したチップを解析することで、世界征服団の野望を打ち砕いたのであった。以下、スタッフロール」

「舌を引っこ抜くぞ。誰がきのう観た映画の話をしろと言った」

「劇場未公開、ワタクシのオリジナル脚本ですが」

「シナリオコンテストに応募して一次で落ちやがれ。オレ様が聞きたいのはフィクションじゃねえ。オメーがきのうかおとといか一週間前かに現実に殺した野郎の話だっつーの」

「それに関連していますが」

「はあ？」

「今の話を聞いて、おたくは何か思いませんでした？」

「うざい」

「ほかには？」

「死ね」

「ほかには？」

「だからオメーの人殺しとどう関係すんだよ」

「主人公がスーパーマンすぎると思いませんでした？」

「アホか。アクション映画の主人公がチートというのは暗黙の了解じゃねーか。小学生でもいちいちツッコまねーっつーの」

「スタローン殿やセガール殿はもとより、格闘技の心得のない専業主婦やコンピューター・ギークの十三歳の少女であっても、ロシア軍特殊部隊(スペツナズ)の十人や二十人、軽く倒すからな」

〈伴道全教授〉が苦笑まじりに言う。

「武器はフライパンだったりゲームのコントローラーだったりするし」

〈頭狂人〉を名乗る者の声も笑っている。

「これはこれは。揃いも揃って、滑稽(こっけい)な心理的陥穽(かんせい)にはまっておいでだ」

と〈aXe〉。

「主人公だから無敵なのではありません。あまたの危機を乗り越えて生き残った勝者だからこそ、主人公として描かれているのです」

「成る程。高松城を攻略し、明智光秀を討ち、柴田勝家を滅ぼし、九州を平定し、北条氏を屈服させて天下統一をはたしたからこそ、歴史の教科書に豊臣秀吉と太字で載る栄誉に浴しているのであるな。箕作城(みつくりじょう)の夜襲に失敗し、六角勢の足軽に首を落とされていたら、欄外に7ポイント活字で載ることもなかった」

〈伴道全教授〉が顎(あご)をさすりながら頷(うなず)く。

「歴史とは勝者の記録なのですよ」

「だからそれがオメーの人殺しとどう関係すんだって。何度も言わせんな」

ふたたび〈ザンギャ君〉が噛みつく。

「ワタクシは勝者だということです」

「今回の問題は誰も解けないってか。言ってろ、バーカ」

「そういう意味ではありません。それなりに自信はありますが」

「じゃあどういう意味だよ」

「デザイナーズマンションというものがあります。建築家のコンセプトを前面に押し出した個性的なマンションのことです。平たく言えば、おしゃれなマンションということですね」

「ガン無視かよ」

「カラーサイコロジーというのをご存じでしょうか。色彩の与える心理効果のことで、たとえば、赤は気持ちを前向きにさせ、緑は穏やかな気分にさせ、ピンクは緊張をやわらげ、紫には催眠効果があるとされています」

「話に脈絡がねーし」

「これも一つの話術ですよ。デザイナーズスピーチとでも言いましょうか」

「言ってろ」

「今回ワタクシが殺したのは、出井賢一（いでいけんいち）という男です」

「突然本編かよ」

「職業はライター。主として、携帯電話やデジカメといったガジェットの紹介記事を紙媒体に無署名で書いています。ブログやツイッターでも情報を発信しており、そちらでは踏み込んだ批評も行なっていますが、ネットの活動は個人で勝手にやっているだけで、わずかな成功報酬型広告収入があるだけです。

年齢は三十七。独身で、両親とともに神奈川県海老名市に住んでいました。もっとも実家に帰るのは月に一度あるかないかで、新宿に借りた仕事場が実際上の住居になっていました。海老名に戻っても、もっぱら地元の友人と飲んだり歌ったりで、実家には酔っぱらって帰って寝るだけだったそうです。実家に寄りつかなかったのは継母のことを嫌っていたかららしく、なのに住民票を移さず家族であり続けたのは税制上の優遇を受けるためだということですが、いずれも問題を解くうえでは関係ないので、突っ込んだ話は省略します。

出井賢一の死体が発見されたのは、彼が仕事場として借りていた新宿の部屋でした。五丁目にある番衆町ハウスというそこは、一九六〇年代後半に建てられた古い集合住宅なのですが、老朽化で入居者が減ってしまったことから、五年前にリフォームを行ないました。畳をフローリングにしたり、壁をぶち抜いて二間続きにしたり、トイレを温水洗浄便座にしたりと、かなり大がかりな改修だったのですが、一番の目玉はカラーサイコロジーを採り入れたことでした。

　室内の壁というのは、たいてい白でしょう？　ちょっと暗くしてアイボリー、薄い茶系統というのはありますが、ピンクはどうです？　パステル調のピンクというのは、サンタフェあたりの住宅にはありますが、日本ではちょっと見ない。番衆町ハウスも元は白い壁でした。タバコや日光や手垢で汚れてはいましたけどね。それをリフォームでピンクにしたのです。ピンクだけではありません。青、緑、紫――四階建て各階三戸を、十二の色に塗り分けたのです。カーテンや靴箱等造りつけの調度品も同系色にした。これは外国でも例を見ないでしょう。そして、黄色い部屋は記憶力が高まりますよ、青い部屋にはダイエット効果がありますよとアピールし、入居者を集めた。これもデザイナーズマンションの一つの形とみてよいでしょう。

　どうです、バラバラだった話がつながってきたでしょう？　ちなみに出井賢一の四〇二号室は何色がテーマだったかというと、黒です。死に場所としては最適ではないですか。けれど彼は、なにも不幸を呼び寄せようと黒い部屋を選んだわけではありません。陰気な性格だったわけでも。黒という色には気持ちを引き締める働きがあるそうなのです。それにほら、黒には高級感があるじゃないですか。ＶＩＰのリムジンは黒塗りと決まっています。ヨーロッパのセレブは黒いトイレットペーパーを愛用しているとか」

「あのね」

と入ってきたのは〈頭狂人〉。

「どんな話術を使ってもいいけど、肝腎（かんじん）なことはきちんと示してよね」

「はい？」

「出井賢一は新宿で死んだって？」

「ええ。仕事場として借りている部屋で」

「新宿って、どこの新宿？」

「五丁目です。言いましたよ」

「じゃなくって、何県の新宿？」

「は？」

「千葉県？　愛知県？」

「え？」

「群馬県？　神奈川県？」

「何、わけのわからないことを。東京に決まってるじゃないですか」

「決まってないよ。千葉市中央区にも名古屋市名東(めいとう)区にも群馬県館林(たてばやし)市にも神奈川県逗子(ずし)市にも新宿は存在する」

「ズバリ、今ネットで調べてクレームをつけていますね？」

「だったら何？　問題をすり替えない。どこの新宿か明示しないとだめでしょうと言ってるの」

「そうそう。新宿イコール東京というのは東京人の驕りだ、バカ」

と鬼の首を取ったように〈ザンギャ君〉。その台詞(せりふ)を待っていたかのように〈頭狂人〉が言う。

「私は驕ってないけど」

「小学生レベルのボケだな」

「東京の新宿も一つではないぞ。葛飾区にもある」

これは〈伴道全教授〉。かたわらにノートを置いて喋っている。またも〈頭狂人〉がすかさずツッコむ。

「葛飾区のは『にいじゅく』」

「や。これは失敬」

「バカはおたくたちかと」

〈ａＸｅ〉があくびまじりに言う。

「貴殿も人が悪い。間違いを素直に認めたのだから、傷に塩を塗り込まんでもよかろうに」

「読みの間違いを言っているのではありません。ワタクシの話をちゃんと聞いていれば、東京都新宿区新宿五丁目のことだと判断できたはずです」

「ん？」

「建物の名前は聞き流してしまいました？」

「番衆町ハウス、であったよな？」

「しっかり聞いているじゃないですか。それでもピンとこない？　本当に困った人だ。番衆町というのは、東京都新宿区にかつてあった地名。一九七八年の住居表示実施により消滅、以後は新宿五丁目となる」

「あ？」

「番衆町を冠した建物が新宿五丁目にあるのなら、その新宿は東京都新宿区であると判断できるのですよ。ワトソン博士にもできる初歩的な推理です」

「いやしかし、吾輩は東京の人間ではないから、当該地区の住所が変わったことなど基礎知識として持ち合わせておらん」

〈伴道全教授〉が憤慨し、

「平成生まれがそんなこと知るか、アホ」

〈ザンギャ君〉も援護する。

「ワタクシ、おたくらを誤解していたようです」

「何だよ」

「推理小説が好きで、古今東西の名作はあらかた読んでしまい、では次に何をするかというと、B級C級作品にまで手を出してカルト道に踏み込むか、あるいは自分で筆を執って賞に応募するか、でもそんなありきたりでは刺戟に乏しいよなあと思っていたところ、編み出したトリックを実際に使って人を殺し、その当てっこを行なうという前衛集団が現われ、彼らは死んだり警察に捕まったりしてしまったものの、その志に共感し、勝手に衣鉢を継ぐ者が多数現われ、ワタクシもそんな一人であり、ともにリアル密室殺人ゲームをする同好の士を探し求め、今ここに集っている——のではなかったのですか？　少なくともワタクシはそうですが」

「オレ様だってそうだ。つか、あたりまえのことを今さらなんだよ」

「〈新宿〉で引っかかっているようでは、ワタクシと同類だとはとても思えないのですがね」

「だからぁ、それは万人が持ちうる基礎知識じゃねーだろって言ってんだよ、バカ。じゃあオメーは、千葉市中央区新宿の旧町名を知ってんのかよ」

「万人は持ちえなくとも、トリックを偏愛している人間なら、脳の襞に蓄積されていてしかるべきです」

「あん？」

「鮎川哲也という作家をご存じで？」

「誰に口きいてんだよ」

「おやおや、ここまで言ってもまだわからないとは。やはりその程度の愛好家でしたか」

「だから何だよ。鮎川哲也がどうしたって？　はっきり言いやがれ」

そう〈ザンギャ君〉がいきりたったところに、画面に細長いウインドウが開き、文字が打ち出された。

〈椙田博人〉

「コロンボ氏ですか？」

〈044APD〉を名乗る人物は、めったに言葉を発さず、キーボードをタイプすることで意思を伝達してくる。その英数文字列のハンドルネームが、かのコロンボ警部補の愛車のプレートナンバーに由来していることから、口頭ではコロンボと呼ばれている。

〈一茶庵〉

「もう十分です。さすがコロンボ氏だ、わかってらっしゃる」

〈aXe〉の拍手が聞こえる。

「まさだひろと？　誰だよ」

「すぎたひろんど。おたくは『五つの時計』も読んでいないのですか。それでよくミステリー好きを名乗れたものですね」

「読んでるに決まってるだろう。あれだろ、星影龍三の……」

「鬼貫警部」

「そうそう、鬼貫のほうだった。アリバイ崩しだよな」

「鬼貫警部はいつもアリバイを崩していますが」

「丹那刑事が……」

「この作品には登場しませんが」

「…………」

「後輩を偽アリバイの証人に仕立てるあれだな。ビヤホールや映画館を連れ回し、自宅に連れていく。そこで蕎麦を取る。天麩羅蕎麦だったかな」

映画監督が台本でそうするように、〈伴道全教授〉がノートを丸めて二の腕を打った。

「ああ。それで、事件発生時には出前の蕎麦を食べていたから青山の方まで殺しにいけるわけないじゃんとなるんだっけ。洋品店の主人やラジオ放送によってもアリバイが成立し、二重三重の壁として鬼貫の前に立ちはだかる」

〈頭狂人〉もようやく思い出した様子である。

「容疑者である椙田博人の自宅が新宿の番衆町にあるのですよ。ですから『五つの時計』を読んでいれば、番衆町と聞けば、それは東京の新宿だと判断できるはずなのです。なのにおたくらときたら」

溜め息をつく〈aXe〉。

「遠い昔に読んだから……」

〈ザンギャ君〉が言い訳がましくつぶやき、

「平成生まれの遠い昔というのは二十年くらい前ですか？　乳離れしたら絵本代わりに鮎川哲也を読んでいたのですかそうですか」

と揶揄されたら、

「作中の町名なんて、いちいち憶えてねーよ。トリックと直結しているわけでもねーし」

一転、怒ったように言う。

「はいはい、私たちの読み込みが足りませんでした」

〈頭狂人〉が適当にけりをつけようとすると、

〈僕はわかっていた〉

今度は〈044APD〉が自己主張をした。

「はいはい、あなたはいつも何でもお見通し」

ベイダーマスクで無表情の〈頭狂人〉はうんざりしたように溜め息をつく。

2of9（五月十三日）

「出井賢一が借りていた番衆町ハウス四〇二号室はスタジオタイプの部屋でした」

〈aXe〉の話は本筋に戻っている。

「スタジオ、わかります？　バスやトイレを除いては部屋の区切りがない間取りです。要はワンルームですね。けれどワンルームというと、ベッドとテレビだけでキツキツの格安ビジネスホテルみたいな狭苦しい印象を与えてしまうので、近年では、そこそこ広いワンルームのことを、アメリカ流にスタジオと呼ぶようになりました。最近ではそれに便乗し、従来型の狭いワンルームもスタジオと呼んでいるようですが」

「スケトウダラのすり身が原料であるカニかまで作ったチャーハンをカニチャーハンと称するようなものだな」

〈伴道全教授〉が口元に手を寄せて笑う。

「四〇二号室はもともとは2DKだったようです。それを先年のリフォームで壁を取り払った。メインルームの広さは三十平米、ということは十八畳ですか、結構な広さです。部屋が広いと冷暖房の効率が悪くなるので、狭い部屋が複数あったほうが使い勝手がいいとワタクシは思うのですがね。出井賢一の死体があったのは、玄関やバスルームではなく、このだだっ広いメインルームでした。

ここは東西方向に長い部屋で、南側の長辺の半分が掃き出し窓になっています。角部屋ではないので、メインルームの窓はこの一か所だけです。南向きですが、隣のビルがすぐそこまで迫っているので、おそらく日当たりはそう期待できないでしょう。窓の外は幅五十センチほどの狭いベランダで、洗濯物を干すのにも苦労しそうな感じです。窓がない壁際にはメタルラックがあり、古い携帯電話にPDA、電子辞書やデジカメ、腕時計、ミニカー、バーコードリーダーなどのガジェットが、無秩序に並んでいるというか押し込められています。

東側の壁際にはスチール製のロフトベッドが置かれていました。二段ベッドの上段だけがあるようなやつです。下の空間にはソファーや収納ラックを置いたり、服を掛けてクローゼット代わりに使ったりできるようになっています。出井はデスクを置き、仕事のスペースに活用していました。机の上にはノートパソコンやICレコーダーが、横のラックにはプリンター複合機や外付けハードディスクなどがありました。

北側には本棚とカラーボックスとキャビネット。いずれにも仕事関係のグッズや資料がぎっしりで、入りきらないものは、床に積まれたり段ボール箱の中に押し込められたりしていました。

西側の壁際はAV機器で占められています。大型液晶テレビ、ブルーレイレコーダー、ホームシアターシステム、ゲーム機、映画やゲームのディスク多数。ウォークイン・クローゼットがあるのもこちらです。中は一畳ほど。

部屋の中央には二人掛けのソファーとローテーブルがあります。ソファーはテレビの方を向いています。このローテーブルは食卓兼用だったようです。

そして、このソファーとロフトベッドの間で、出井賢一が死んでいました。うつぶせで、両腕を横に広げ、片脚は伸ばし、片脚は軽く曲げ、ちょうど漢字の〈方〉のような形で倒れていたのが発見されたのは、五月八日、午前九時過ぎのことです。その後の調べにより、死亡したのはそれを遡ること七時間、同日午前二時前後」

ここで「申し」と〈伴道全教授〉が手を挙げる。

「説明が佳境に入ったところで恐縮なのだが、先に現場の写真をいただけないか。それを見ながらのほうがわかりよい」

「これは失敬。失念しておった」

「それは吾輩の言い回しではないか」

「いや、つい。ええとですね、必要な写真はピクトールに置いてありますので、各自閲覧をお願いします」

「なんだよ。いつものように直接送れよ」

〈ザンギャ君〉がクレームをつける。

「毎回同じことの繰り返しでは退屈じゃないですか。世の中には次々と新しい技術やサービスが生まれてくるのだから、それらを使わない手はありません」

「けどオメー、あれは共有サービスだぞ。あそこにアップした写真は全世界の人間が見ることができる」

「誰に見られて困るようなものは置いていません。第三者が見たところで、意味不明なショットばかりです。〈小早川譲二〉の名前でアップしてあるので、検索してみてください」

「なんだよ、そのシブい名前は。オメーが名乗るなら、ジェイソン・ボーヒーズだろ、常識的に考えて。もしかして本名か？　小早川譲二」

「本名を使うわけないでしょう、常識的に考えて。やっぱり読んでいませんね、『五つの時計』。犯人にいいように利用される後輩の名前を拝借したんですよ」

うおっほんとわざとらしい咳払いを残し、〈ザンギャ君〉は沈黙する。

ピクトールというのは、写真の投稿サイトである。不特定多数の者に見てもらうことを目的とし、自分が撮った写真をアップロードする。ハイキングのスナップにUFOが写っていたので世界中にスクープ画像として発信してやろうといった単発の利用もあるし、趣味で撮り続けている蝶の写真をおりおりアップして個展会場のように使う者もいる。街のギャラリーを借りるのには手間も金もかかるが、ネット上のこのサービスは無料で、家にいながらにして企画から展示まで行なうことができる。また、アップされた写真には閲覧者がコメントをつけることができるため、コミュニケーション手段としての側面も持ち合わせる。

〈小早川譲二〉による写真は二十枚あった。番衆町ハウスの建物全体を写したもの、一階のエントランス、四〇二号室の玄関ドアを外廊下から、同じドアを室内側から、廊下、バス、トイレ、キッチン、メインルーム内を様々な角度から。メインルームだけでなく、玄関やトイレにいたるまで、床も壁も天井も黒で統一されている。部屋の平面図を写し取ったものもあり、それによると、玄関は北向きで、メインルームは南向き、両者は短い直線廊下で結ばれ、廊下の左右に、キッチン、バス、トイレが配置されている。玄関を入って左がバスとトイレ、右手がキッチンである。

メインルームは十八畳あるということだが、それほど広くは感じられない。物が多いせいだろう。ベッドやラックで四方の壁はすべて塞がれており、圧迫感がある。床のところどころには大小の段ボール箱があり、その一つの蓋の隙間からは、腕のもげた美少女フィギュアや裸のハードディスク、電子基板が覗いている。ラックにも箱にも入れられず、床に直接置かれている物もある。雑誌、銅線剝き出しの電気コード、電子ダーツボード、横半分に切断されたトランプの山、孫の手、シュレッダー、サプリメントの瓶、足裏マッサージ器、今はなきZipドライブ、これも今では文化遺産となった子犬型ペットロボット、ハンディクリーナー、一眼レフカメラの交換レンズ、超音波洗浄機——ジャンル不統一のガジェットは、ソファーやローテーブルをも侵蝕していた。小型カーナビと電子ブックリーダーの間に、スナック菓子の残骸と飲みかけのペットボトルが見える。

そんな雑然とした部屋の中に人が倒れている。どちらかというと短髪の、小柄で痩身の男だ。

「汚部屋というやつか。机の下にある円盤みたいの、自動掃除機だろ？　こんなに散らかってる部屋じゃ使いようがねえ」

と〈ザンギャ君〉。

「仕事柄、様々な物が集まってしまうのであろう。いや、物に興味があるから、こういった仕事をしているのかもしれぬな」

〈伴道全教授〉が口元をさすりながら頷く。

「にしても、徹底してんな。ベッドもラックもソファーもパソコンもテレビもブルーレイレコーダーもデジカメもＵＳＢメモリも真っ黒け。こいつらは備えつけではなく、部屋に合わせて自分でブラックモデルを買ったんだろ？　よくやるわ。服も上下黒だ」

「フィギュアには白や紫、赤や緑も入っておるが。段ボール箱はカーキ色」

「アホか。黒一色のフィギュアじゃ、エロくも何ともないじゃねえかよ。段ボール箱も、黒いものはあるにはあるが、商品の発送元がそれを使ってくれなかったらはじまらない。つか、普通は使わない」

「これが出井賢一？」

〈頭狂人〉が確認する。

「そうです」

「別角度のものは？」

「二枚ありますよね」

「角度は一緒じゃん。引いているかアップかの違いだけで」

「あいにくその一か所からのショットしかありません」

「じゃあさ、同じ角度でもいいから、もっとシャキッとしたものはないの？」

「すみません」

　ファイル名がpic19となっているものには、上下黒いスエットを着た男が〈方〉の形でうつぶせに倒れている全体像が写されている。pic20は肩胛骨(けんこうこつ)から上のアップ。いずれもかなり上から見おろす感じで撮られており、いずれもピンボケというわけではないが、全体的に眠い感じがする。とくにアップのほうは画質の粗さが相当目立つ。

「ほかの写真はみんなシャープなのに」

「おおかた、ビビったんだろ。それか、逃げることで頭がいっぱいで、一回シャッターを切るのがやっとだった」

〈ザンギャ君〉が茶々を入れる。

「死体の写真だけカメラが違います」

「ケータイ?」

「いえ、防犯カメラの映像をキャプチャーしたものです。19がデフォルトの画角で、20はそれをズームしたもの。光学ズームではなくデジタルズームの機能しかないため、画質が悪くなっています」

「防犯カメラ? 各世帯にそんなしゃれたものがついてんのかよ。あ。リフォームでそうしたのか。カラーサイコロジーだけでなく、セキュリティの高さも売り物にした」

「いいえ。番衆町ハウスのセキュリティは、番衆町が存在していた昭和のままです。一階のエントランスにも防犯カメラはありません。オートロックでもなく、管理人も常駐していません。この防犯カメラは出井賢一が勝手に取りつけたものです。インターネットに常時接続しており、外出先からパソコンやケータイで、自宅の様子をリアルタイムで確認することができるのです。要は、今こうしてAVチャットに使っているウェブカムと同じ原理ですね。泥棒対策のほか、家に置いてきた小さな子供やお年寄り、ペットの様子を見るために、家庭用にこういう製品があります」

「五百本限定のG－SHOCKとかオクで落としたソフビのガラモンとかを守ってんのか？　それとも猫でも飼ってたのか？」

「どこかに子犬型ペットロボットが写っておったぞ」

〈伴道全教授〉がマウスを操作する。

「そいつが粗相をしないか心配って？　頭沸いてんぞ」

「本人から聞いたわけではありませんが、おそらく何を期待してということではなく、おもしろそうだから試しに使ってみたのでしょう。およそ新しもの好きはそういう傾向にあるものです。徹底的に使いこなすことより、とりあえず自分の手元に置くことに意義を見出す。先ほど槍玉に挙がったロボット掃除機にしてもしかりです」

「そっちの気持ちならわからなくもないな」

「でもどうして、この写真だけカメラを替えたの？」

〈頭狂人〉が尋ねる。

「ワタクシも新しもの好きなので、ちょっと使ってみたくなりまして――という答でよろしいでしょうか？」

「だめ」

「いま殺したばかりの人間に向かってカメラを構えるのはぞっとしなかったのです」

「だーめ」

「本当の理由は、このあとすぐ」

「ＣＭ三回またいだあと？」

「問題の核心に触れることなので、もう少し引っ張らせてください。ほかに質問があれば、それを先に受けつけましょう」

「まあいいや。じゃあ死因は？」

「警察の発表によると、脳挫傷による急性硬膜下血腫ということになっています。あと、頸椎も損傷していました」

「ああ、なんとなく腫れているように見えるような」

pic20に写る後頭部のことである。しかし画質が悪いため、外部への出血や傷の形状は確認できない。

「凶器は？」

「現場では見つかっていません」

「持ち帰ったんだ、犯人特定につながるから。何を使ったの？」

「微妙な質問ですね」

「警察にだけでなく、われわれにも教えられないの？　それって、兇器はかなり特殊なものであり、それが何であるかを明かしたら真相が見えてしまうからってこと？」

「内角高めですね」

「は？」

「厳しいところを突きますねと」

「アンフェアじゃねーかよ。推理に必要なデータは余さず提示するというのがルールだ」

と〈ザンギャ君〉。

「いいえ、これはルール違反にはあたりません。なぜなら、現場に兇器が見当たらないことそれ自体が推理の要件であるからです。おっと、これは結構なヒントになってしまいました」

「どうだか」

ふんと鼻を鳴らす音がしたあと、おほんと咳払いが聞こえ、〈伴道全教授〉が身を乗り出した。

「ときに、20番の写真、被害者の左耳に補聴器のようなものがはまっているように見えるのだが」

「日本未発売のBluetooth（ブルートゥース）ヘッドセットです。この小ささで骨伝導マイクまでついているすぐれものです。さすが新しもの好きの第一線にいるだけある」

「音楽に聴き入っているところを襲ったのか」

「そんな卑怯なまねはしていませんよ」

「それから19番。死体の下に何かあるように見えるのだが。四角くて大きな板のような」

「それは畳です」

画質は悪いが、緑っぽくは見える。

「畳？　この部屋は板張りではないのか？」

「フローリングの部屋で使う畳があるでしょう。普通の畳より薄く、マットのように用いる。ユニット畳というんでしたっけ」

「ああ、あれか。やはり日本人は畳であるよな。諸外国とは違い土足生活ではないから、つい寝転がりたくなる。しかし床に直接寝転がるのは痛い。や？　一寸（ちょっと）待ってくれたまえ」

〈伴道全教授〉は口をつぐみ、ぐっと首を突き出した。グルグル眼鏡の蔓に指を当て、何かを観察するようにしばしその体勢でじっとしていたのち、体を戻して言った。

「同じく19番の写真で、もう一点質問が。死体の周りに豪快に散らばっておるのは、書物かね？　畳の下にもあるようだが」

「いかにも、本です」

「さらに、端の方に長い板状のものが写っておるが、これはもしかすると本棚の側板かね？」

「まさしく本棚です」

「この角度からみて、本棚は倒れておるようだが」

「ワタクシにもそう見えます」

「ところがほかの写真では本棚は倒れておらん。10番、14番あたりがよくわかるな。ベッドとソファーの間に本棚は倒れとらんし、床にある書物も数冊ほどだ」

「そうですね」

「そして10と19の決定的な違いは、後者に写っている死体が前者には影も形もないということである。これは何を意味するのか。10、14番は殺害実行前に撮影され、19、

20番は殺害後に撮影された」

「はい、そのとおりです」

「殺害前には本棚は倒れておらず、殺害後には倒れている。ということは、殺害時に争ったことで、本棚が倒れたのであるな？」

「そう解釈するのをさまたげるものはありません」

「本棚が倒れ、これだけの本が散乱すれば、相当大きな音がすると思われる。震動もかなりのものだ。番衆町ハウスは、改装にあたり、防音工事も行なったのか？」

「ワタクシの知るところではありません」

「一般家屋の防音対策程度では、本棚の横倒しの騒音や震動を封じることはできまい。その音と震動は隣室にも伝わる。とりわけ真下の部屋ではすさまじいものがあったことだろう。先ほど貴殿は、死亡時刻は午前二時前後と言われた。すなわちそれが本棚が倒れた時刻でもある。現代人は宵っ張りとはいえ、一般的な社会生活を送っているのなら、午前二時には床の中でぐっすりの場合が多いことだろう。しかし真上で本棚が横倒しになり、中身がドカンドカドカと雪崩のように降り注いだら、すわ地震かガス爆発かと飛び起きるはずだ」

〈伴道全教授〉は上を指したり体を揺らしたりして熱弁する。

「まったくそのとおりで、死体発見のきっかけは、同じマンションの住人が四〇二号室の異音を聞いたことにあったようです」

「であるのなら、腑に落ちん点がある。やはり先ほど貴殿は、死体が発見されたのは午前九時過ぎだと言われた。隣人は四〇二号室の異状に気づいておったのに、どうして発見まで七時間も要しておるのだ」

「さあ、そのへんの事情は把握しておりません。事をなしたあと、現場にとどまって様子を窺っていたわけではありませんから。それを調べるのは探偵諸氏の仕事かと。ワタクシはしがない殺人犯でしかありません」

「うむ、そうであったな」

〈伴道全教授〉はアフロの鬘をてんてんと叩き、今のやりとりを忘れまいとしているのか、かたわらのノートにペンを走らせた。

「ほかに質問は？」

と〈aXe〉がうながしたあと、数秒の沈黙を置いて〈ザンギャ君〉が発言した。

「つかオメー、肝腎なことを言わねえと、こっちも質問のしようがねえだろが」

「肝腎なこと？」

「問題だよ、問題。今回オレらは何を解き明かせばいいんだよ」

「おや、当然わかっていると思っていましたが」

「現場に見当たらないという兇器が何であるのか推理するのか？」

「おやおや。それより大きな問題が横たわっているじゃないですか。大きすぎて目に入らないのでしょうかね」

「はあ？」

「ベイダー卿と教授はともかく、おたくが気づかないのは、記憶力と注意力と判断力のはなはだしい欠如ですよ」

「何だよ。はっきり言えよ」

すると〈ａＸｅ〉が答える代わりに、ディスプレイにテキストが打ち出された。

〈出井賢一の死亡推定時刻は五月八日の午前二時前後〉

「ほら、コロンボ氏はちゃんとわかっている」

「そんなこたぁ、オレ様も知ってる。さっきテメーが言った。憶えてる」

〈事件が発生したのは東京都新宿区〉

「それも憶えてるって。昔の番衆町だってこともな」

〈犯人はａＸｅ〉

「ぁたりめーだろ」

〈五月八日の午前二時頃、ａＸｅは名古屋にいた〉

「は？　あ⁉　あーっ！」

「思い出すのが遅すぎますよ。つい五日前のことなのに」

「じゃあ今回のテーマはアリバイ崩しか。名古屋にいた人間がどうして東京で人を殺せたか」

3 of 9（五月八日）

「――三百六十四日の封印を解かれた満願寺の鐘の音。一つ、二つ、三つと、夜のしじまを切り裂き、凍てついた大地を揺るがす。それは夜気を伝わって六〇八号室の窓ガラスを震わせ、室内にまで忍び込む。壁際に張られたスチールの弦が共鳴する。すぐ横に垂らしておいた濡れた和紙に触れる。和紙は二つに裂け、一端につけてあった一キログラムの重曹を包んだガーゼが重力に導かれて落下、洗面器を満たしていたトイレ用合成洗剤と化学反応を起こし、以下の七工程は省略で、最終的には刃渡り二十センチのコンバットナイフがターゲットの頸動脈をスパッとやるわけです」

手斧を振り振り熱弁を振るっているのは〈ａＸｅ〉である。

「ルーブ・ゴールドバーグ・マシンですね。ある物体を動かすのに、それに直接ふれて押したり引いたりせず、からくりの連鎖によって実現する。ドミノ倒しの発展型です。ピタゴラ装置と呼ぶ向きもあります。ミステリーに例を引けば、横溝正史の代表作であるあれのメイントリックがルーブ・ゴールドバーグ・マシンです。そして僭越ながらワタクシは、大横溝の向こうを張り、ルーブ・ゴールドバーグ・マシンによる殺人を行なおうと思い立ったのです。いや、実際に行なったのです。ところが、ああ、なんということか。

十二あるからくりのうち一番の肝は、共鳴を利用した最初の工程でした。御大のルーブ・ゴールドバーグ・マシンにおいても楽器の弦が重要な役をになっているので、それに対する挑戦という意味がありました。同じ楽器の弦を使うのでもワタクシならこう使うぞと。

準備には丸一年をかけました。なにしろ満願寺の鐘は一年に一度、大晦日の夜にしか鳴らない。一昨年の大晦日に除夜の鐘を生録し、それを繰り返し再生して、固有振動数が一致して共鳴が最大になるようギターの弦の張りを調整しました。そしてようやく訪れた昨年の大晦日、ターゲットの留守中に六〇八号室に侵入して装置の数々をセットし、あとは満願寺の鐘を待つばかりとなりました。ところが、ああ、なんということか。

　ギターの弦が鐘の音に共鳴しなかったのですよ。一回、二回、三回、四回——都合百八回の機会があったというのに、一度としてぴくりとも震えない。弦が振動しなければ和紙は切断されない、和紙が切断されなければ重曹は洗面器に落ちない、とどのつまりナイフは一ミリも動かず、ターゲットは晴れて新年を迎えてしまいました。装置はどうにか余さず回収でき、事なきを得たものの、一年間の苦労が水の泡です。

　しかしあれだけテストを重ねたというのに、どうして共鳴しなかったのでしょう。レコーダーのピッチが狂っていて、テストに使った鐘の音の録音データが、実際の鐘の音の周波数とは違って再生されていたのでしょうか。温度や湿度の違いが周波数にも影響するのでしょうか。それとも昨年中に梵鐘（ぼんしょう）が新調されてしまったのでしょうか」

〈ａＸｅ〉が嘆き、ホッケーマスクを両手で抱え込んだところに、画面にテキストウインドウが開き、短い文字列が表示された。

〈帰る〉

「すみません。間を持たせようとしただけなのですが、つい入り込んでしまいました」

〈ａＸｅ〉は手斧を捧げ持ち、深々と頭を下げる。

〈集合時間を五分過ぎた。五分二十八秒〉

「ああ、もう一時を回りましたか。ではこの三人ではじめましょう」

「全員揃ってないのに出題するのかよ」

カミツキガメが映る画面のレベルメーターが振れた。天敵の長広舌に文句をつけなかったのは、それは聞き流しておいてテレビを見ていたからなのかもしれない。

「いいえ。出題は後日行ないます。今日はその前段階、ちょっとした余興です。ですから時間が許す方だけ来てくださいと言いました」

「どうせオレ様には仕事も学校もねえよ。リア友も恋人も」

〈頭狂人〉と〈伴道全教授〉はログインしてきていない。

「では本題に入ります。なのでコロンボ氏、帰っちゃわないでくださいね」

〈ａＸｅ〉は手斧をおいでおいでするように動かして、

「失敗は検証しなければなりません。放置しておいたのでは人間として成長しない。けれど共鳴しなかった原因を突き止めたとしても、次に実行できるのは今年の大晦日です。また一年待たなければならないのですか。さすがにそれはキツい」

「まだ愚痴るのか。マジで帰るぞ」

「どうぞどうぞ、ご遠慮なく」

「テメー、コロンボちゃんには帰るなと言っただろ」

「ギャラリーは一人で十分ですから」

「死ね」

「もう一年モチベーションを持続させるのは無理なので、このループ・ゴールドバーグ・マシンはいさぎよく捨て、まったく違う問題に取り組むことにしました。さてここで問題です。ワタクシは今どこにいるでしょう？」

「知るか」

「ノーヒントではさすがに無理ですね」

〈車の中〉

「やあ、さすがコロンボ氏」

〈ヘッドレストがついた椅子。左端にシートベルトのようなものが垂れている〉

「しかし場所はわかりませんよね？　ウインドウの外はカメラに写っていませんから。では一つヒントを」

〈aXe〉の右手が画面の外に消え、ふたたび現われると、手斧に替わって笏(しゃく)のような扁平な棒状の物体を握っていた。しかし笏のように硬質ではなく、左右に振るとゴムのようにぷるぷる震える。〈aXe〉はマスクの顎を左手で持って少し浮かすと、その物体を顔との間に差し入れた。しばらくして引き出されたその物体は、先端が齧（かじ）り取られていた。

「山口か」

「ういろうを見て山口と即答するとは、おたくも相当な通ですね。もしくは地元民か」

「やかまし」

「というわけでワタクシはいま名古屋にいまして、来名の記念にと、このういろうを買ったわけですが、考えてみれば、今どきういろうなんて、東京でも札幌でも手に入ります。去年バンコクに行った折にはラチャダムリ通りのデパートで見かけ、妙な気分にさせられたものです。ではほかに何かいいおみやげはと考えると、きしめんに手羽先、えびせんにどら焼きなんてのが思い浮かびますが、こういうものも通販お取り寄せで、日本のどこにいても手に入ります。なんて便利な世の中になったのでしょう。地域性など糞食らえです。

　しかし情報と流通が発展しきった二十一世紀の今日においても、絶対にご当地でしか手に入らないものは存在します。その一例を今からゲットしてみましょう」

その直後、〈aXe〉のウインドウ内の映像が不規則に揺れ、彼の姿が消えた。

「今まではウェブカムをダッシュボードに固定して、運転席のワタクシを映していたわけですが――」

音声は変わらず聞こえる。

「このカメラを上着の胸に仕込みます。服にはレンズに合わせて切り込みを入れてあります」

映像が暗転する。明るくなった時、画面には、ハンドルの上端とダッシュボード、フロントガラスが映し出されていた。時刻が時刻だけに外は暗く、ガラスの面（おもて）にはジェイソンマスクの人物がうっすらと映り込んでいる。

「では出発」

エンジン音がし、車がゆっくり動き出す。

「どこに行くんだよ」

「見ていればわかります」

「着いたら呼べ。ＹｏｕＴｕｂｅ見てる」

「ご自由に。決定的瞬間を見逃していいのなら」

「事故って死ね。つかオメー、マスクしたまま運転してんのか？　マジ事故るぞ」

忠告を無視し、車は交差点を左折する。中央分離帯のあるかなり広い通りで、深夜にもかかわらず交通量がある。

「そうそう、これを使わないと」

ハンドルの横に携帯電話がちらりと映る。

「運転中のケータイは道交法違反だ」

「いいんですよ」

「メールもワンセグも禁止だ」

「いいんですって。捕まえてもらいにいくのですから」

「はあ？」

「左の方に注目しておいてください。少し奥まったところにビルが見えてきます。たしかこの高層ビルの次かと」

白っぽく、五階建て程度の小さなビルが見えたかと思うと、すぐに画面の外に消え去った。

「屋上の看板、読めました？」

「読めるか。暗いし、一瞬だし」

「かなり大きな文字なんですけどね。あ。今の信号機についていた表示は読めました？」

　車は左折する。

「読めねーって」

「先ほど注目をお願いした建物は左手にありますよ。さっきより道路に近い」

「見えねーよ。カメラが正面向いてたら」

「あー、無視されたか」

「はあ？」

「リトライします」

「無視してんのはテメーのほうだろ」

　車は何度か左折を繰り返し、ふたたび大通りに出た。

「建物の看板と信号の表示に注目ですよ」

〈ａＸｅ〉がレンズの向きを調整したらしく、画角が少し左に寄った。

「せん、たね……。無理無理、読めねー。もっと横を向け。それか一時停止しろ」

〈ザンギャ君〉が荒れるのをよそに、無言で文字列が流れる。

〈千種（ちくさ）警察署〉

「正解。さすがコロンボ氏。動体視力も抜群ですね」

「警察署？」

〈ザンギャ君〉の声がひっくり返る。

「ほら、信号機を見逃しますよ」

レンズが正面上方をとらえる。

「〈千種警察署南〉って、オメー」

「正解」

「正解じゃねーよ」

「こっちの細い道のほうが正面なんですよ。ほら、木刀を持った警察官が立ってる。暗くて見えませんか？」

車は速度を落とし、左折する。

「オメー、何考えてんだよ」

「あー、また無視されたか。見えてないのかなあ」

「だから無視してんのはオメーだろ。警察は、オレらが一番避けなければならないところだろうが。クソ度胸を自慢したいのか？」

「違いますよ。よし、もう一度。今度はこれを点けてと」

ルームランプが灯る。

そして三周目、前二回以上に速度を落として大通りから左折したところ、左手から人影が現われ出で、車に向かって懐中電灯の光の輪で大きな円を描いた。

車は速度を緩め、停止する。

4 of 9（五月八日）

助手席の窓が外から叩かれる。

助手席の窓が半分開く。

「ケータイで話しながら運転していたね？」

制服の警察官が懐中電灯の光を向ける。

「かかってきたので、つい」

〈aXe〉は素直に認める。

「そのマスクは何だね？」

「あ。イベントをやっていて、そのまま買物に出てきちゃいました」

「脱ぎなさい。顔を見せて」

「はい」

「飲んでるのか？」

「はい」

「どのくらい？」

「車の中ではこれだけ。あと、さっき食事したあとにコーヒーを」

〈aXe〉は半分空いたウーロン茶のペットボトルを差し出す。

「ふざけてるのか？」

「いいえ」

「運転手に対して飲んでいるかと警察官が尋ねたら、それは酒を飲んでいるかという意味だ。子供でも知ってる常識だろうが」

「すみません。アルコールは一滴も飲めないので、そのへんの呼吸が読めなくて」

「免許証。車検証も」

「ちょっと待ってください。あった。どうぞ」

「それは何だね？　助手席の」

「プラスチック製のおもちゃです。ほら」

〈aXe〉は左腕を前に出し、二の腕を手斧で叩いてみせる。

「なんでそんなものを車に。君は中学生か」

「中学生は運転免許を取得できませんが」

「出てきなさい。マスクも斧も置いて。車を出ろ。早く」

〈aXe〉は車を降りる。

警察官が免許証と車検証の照会を行なう。

別の警察官が現われ、〈aXe〉のアルコール検査を行なう。

さらにもう二人警察官が増え、車内の検査が行なわれる。

5 of 9（五月八日）

「いやいや、想定していたよりしつこかったですねぇ。マスクの着用が印象を悪くしましたか。ひやひや」

ジェイソンマスクの人物がアップで映し出される。

「あたりめーだ。警察にシャレが通じるか。ざけんな、アホ」

〈ザンギャ君〉が怒鳴り散らす。

「ペーパーナイフの所持でも逮捕されそうな勢いでしたよね。携帯電話使用による六千円の罰金だけですんで助かりました」

〈×罰金 〇反則金〉

テキストで冷静な指摘が入る。

「そうでした。青切符ですもんね。刑事罰にはあたらない軽い反則にすぎません」

〈aXe〉は顔の横で水色の紙片をひらひらさせる。

「オメーは自覚が足りねーんだよ、足りなすぎ。人を何人殺した。サツに自分から近づくバカがいるかよ。交番で道も尋ねるな」

「ゲームに関係あるものは持ち歩きませんから。チャリンコおまわりが来たからって路地に入ったほうがかえって怪しいでしょう」

「オメーがお縄になるのはいっこうにかまわねえ。だがオメーが捕まったら、芋蔓式にオレらもパクられちまう。勘弁してくれ」

「相変わらずの小心者ぶりですね」

「テメ――」

〈その土地でしか手に入らないものというのは、交通反則告知書?〉

「ご明察。愛知県警千種警察署発行の反則切符は、実際に千種警察署の管轄地域まで足を運び、そこで違反しないことには手に入りません。駅スタンプや風景印よりずっと希少性の高い記念品ですよ、これは。これを機会に全国各地の反則切符を蒐集しましょうかね」

「六枚集めて免停になりやがれ」

〈ザンギャ君〉が悪態をつく。

6 of 9（五月十三日）

「名古屋みやげは〈千草泰輔（ちぐさやすすけ）〉の名前でピクトールにアップしてあります。ここにお集まりのみなさんなら当然ご存じですよね、東京地検の千草検事。なぜ彼の名前を借りたのかというと、千種警察署とかけているからです。これはミステリーマニアでなくてもわかりますか」

〈aXe〉が挑発し、

「うるさい。黙れ。つか、その名前でアップされてる写真なんて一枚もねえ」

〈ザンギャ君〉が嚙みつく。

「ワタクシが推理するに、漢字を間違ってますね。警察署は千の種だけど、検事は千の草ですよ」

「うるせー！　たんなる変換ミスだ。他人の粗探しをする風潮が日本を滅ぼすぞ。あった。二枚だな？」

交通反則告知書を撮影したものだった。細かい字が読み取れるよう、上下二分割して撮影してあった。

反則日時の欄には、〈平成20年5月8日午前1時32分ごろ〉と記されている。反則場所は〈愛知県名古屋市千種区覚王山通8－6付近路上〉。反則の種類は〈携帯電話使用等（保持）〉。

「出井賢一が殺されたのは五月八日の午前二時頃。所は東京の新宿。その頃ワタクシははるか三百五十キロ西の名古屋にいた。直接撮った死体の写真がないのは、だからなのです。殺害現場にいなかったのですから、ネット経由で防犯カメラの映像をキャプチャーするしかなかったと。どうです、この鉄壁のアリバイ」

ククッと笑いが漏れる。

「なんだよ、このインチキ写真は。こんな墨塗りじゃあ、この切符を誰が切られたかわからねーじゃねえか」

交通反則告知書の反則者に関する欄――氏名、性別、生年月日、本籍、住所、電話番号、免許証番号――はすべて黒く塗り潰されている。

「個人情報の扱いには格別の配慮が要求される時代ですから」

「どこの誰に対して切られたものか不明なものが、アリバイの根拠になるかよ」

「どこの誰に対して交付されたのかは、明らかであってもなくても同じことだと思うぞ」

待ったをかけるように、〈伴道全教授〉がカメラの前に片手を差し出した。

「というのも、われわれはそもそもアクス殿の本名も住所も知らないのだから、この反則告知書の個人情報が見えていたとしても、それがアクス殿本人であるかどうか知りようがない」

「ますます証拠として意味をなさねーじゃねえか」

「ということはなかろう。重要なのは、アクス殿が五月八日の午前一時三十二分に名古屋にいたことを第三者が証明してくれていることなのだ。その第三者とは、ザンギャ君殿であり、コロンボ殿であり、そしてこの告知書を発行した警察官である。不覚にも吾輩は参加できなかったが、貴殿らはアクス殿が切符を切られるところをリアルタイムで見たのだろう？　そしてその切符の現物がここにある。動かぬ証拠ではないか」

「オッサン、それは人が好すぎるだろ。名古屋で切符を切られたジェイソンマスクの人物が、いつもオレらと遊んでるジェイソンマスクのいけ好かない野郎とイコールだと、どうして言える。顔がマスクで隠れていたんだぞ。個人情報を把握していれば、その照合で人物判定が可能だが、それもかなわない」

「中の人が代わっていたと？」

「そうだよ。代わりの者を名古屋に行かせ、本人は東京で殺人を。チャットで聞かせる声はエフェクト処理でいかようにも変えられる」

「交通違反までさせるのか？　反則金は出してやればいいが、傷がついた免許は取り返しがつかん」

「免停、免取ならともかく、たかが一点、十万も出しゃ引き受けてくれるやつはいるさ。ネットで旦那の殺人を依頼する時代だぜ。金次第では、自分は名古屋で、代理人に東京で殺しをやらせることもできる。な？　正解だろ？」

「残念ながら」

と〈aXe〉。

「可能性として成立してるじゃねーかよ。だったら正解だろ」

「二人一役によるアリバイ工作は真っ先に疑われることです。そのようなトリックを使う道理がありません」

「だめだ、情緒は気まぐれだから。気分に左右されない証拠、物や数値や論理によって、二人一役でないことの証しを立ててみやがれ」

「困った人ですね」

「困ったやつはそっちだ。真っ先に疑われるとわかりきってんだから、二人一役を使っていないのなら、その証拠を用意しとけよ」

「そうですか。では、これから警察に出頭しましょうか」

「ぁん？」

「ワタクシが出井賢一を殺しましたと。すると警察は、指紋やDNAといった物的証拠から、たしかにワタクシが出井賢一を殺害したとの確証を得る。そのいっぽうで、出井殺害当夜、名古屋で交通違反を犯していたとも判明する。職質にあたった千種署の警察官がワタクシの顔を憶えているし、だいいち控えておいた運転免許証の記載事項がワタクシ本人だと語っている。警察は混乱する。東京で人を殺したその時刻、名古屋にも存在していた⁉　おまえいったいどういうことだ答えろおいこら——しかしワタクシはいっさいの供述を拒否する。さあ、ワタクシのアリバイを先に崩すのは、警察、それともおたくたち名探偵？　世紀の対決、ここに開幕」

「ざけんな」

まあまあと〈頭狂人〉が割って入る。

「二人一役でない証拠はないけど、二人一役である証拠もないのだから、この件は保留でいいんじゃないの？　二人一役を疑うのなら、われわれのほうでその証拠を探すということで」

「この野郎が二人一役を認めるのなら、その証拠探しにシフトしてもいい」

〈ザンギャ君〉は引かない。

「二人一役を認めたところで、事実はそうではないのだから、証拠は永遠に見つかりませんが」

〈ａＸｅ〉も譲らない。

「詰めの甘い問題を作ったほうに問題がある。ペナルティとして、マスクをひょっとこに替えやがれ。豆絞りの頬被りつきでな」

「なに子供みたいなことを」

「子供だもん」

「わかりました。ワタクシが大人になりましょう。それでは、この問題はなかったことにしましょう」

「え？」

「ワタクシのアリバイは崩さなくて結構です」

「待ちたまえ。やけを起こしてはいかん」

両手をカメラに向かって押すようにして、〈伴道全教授〉がたしなめる。

「やけではありません」

「ループ・ゴールドバーグ・マシンがうまくいかなかったのに、ここでまたお蔵入りでは、貴殿の痛手はいかばかりか」

「お蔵入りにはしませんよ。アリバイ崩しを切り捨てるだけで」

「ん？」

「実はですね、今回の問題は二枚腰なのですよ。まずはアリバイ崩しを出題し、クリアされたら、もう一つの謎を提示するつもりでした。新機軸でしょう？　アリバイ崩しを拒否するのなら、第二部だけ解いてもらいます」

「なんと！　いったいその謎とは？」

「死体発見時、現場は密室状態だったのですよ」

「おお、王道問題」

「玄関ドアには鍵とドアガードがかかっていました。それが写っている写真、ありましたよね？」

pic06だ。画面全体が真っ黒なので、一目見ただけでは何の写真なのか理解できない。目を凝らすと、それがドアであり、ドア本体だけでなく、ノブや鍵のつまみからドアガードやドアスコープの蓋にいたるまで黒く塗られているのだとわかる。ドアは外開きで、室内側から見て右側にノブがある。鍵は、ドアノブの下の楕円形のつまみを回して開閉する、古いタイプのシリンダー錠である。ドアガードというのは、音叉のようなU字形のアームを使ったドアチェーンの代替品である。ドア板に取りつけられたアームを回転させて、ドア枠側の受座にはめる。

「もともとは普通のドアチェーンだったそうなのですが、一度どこかの部屋にチェーンを切断して泥棒が入ったことがあったらしく、リフォームの際に防犯性の高いドアガードにつけ替えられました。

ほかの戸締まりはというと、メインルームの掃き出し窓にはクレセント錠がかかり、ロック状態になっていました。古い建物なので、キッチンとバスルームとトイレにも窓があり、いずれも外廊下に面していますが、いずれにも鍵がかかっており、そのうえ鉄の格子がはまっていました。ほかに外部と通じている開口部はありません。どうです、この完璧な密室」

「どこが。玄関ドアには鍵もドアガードもかかってねーじゃねえか。鍵のつまみが縦になってるってことは、ロックされてないってことだろ」

早速〈ザンギャ君〉がクレームをつける。

「06は殺害実行以前に撮ったものだからです。死体発見時にはかかっていました」

「こんなの、外からかけるのは、わけないだろ」

「ではやってください」

「この部屋の主が持っているキーを拝借し、外からかける。それだけ」

「鍵のほうは訊いていません。ドアガードですよ。外からどうやってかけるのです」

〈ザンギャ君〉は沈黙する。

「鍵のほうは実際にそうやってかけたのかね？」

〈伴道全教授〉が手首をひねって鍵をかけるしぐさをする。

「それはお答えできません。退出した箇所を限定することにより、トリック解明の手助けになってしまいますから」

「たしかに」

〈伴道全教授〉はアフロヘアをもしゃもしゃ掻き回す。

「少し考える時間をもらえるかな」

〈頭狂人〉が言う。

「もちろん。独自の調査を行ないたい方もいらっしゃるでしょうからね。あまり時間をかけていると警察に先を越されるかもしれないので、三日後にもう一度集まるということでどうでしょう?」

7 of 9（五月十六日）

青々とした付け髭ならぬ付け剃り跡をさすりながら〈伴道全教授〉が発言するところからはじまる。

「出井賢一殺人事件をアクス殿に聞かされた時、吾輩の記憶はまったく刺戟されなかった。新聞、テレビ、ネットのニュースは毎日ひととおり目を通しておるのだが、はて、そんな殺人事件が最近東京で起きておったか?

あらためて調べてみると、ほとんど報道されておらんのだな。被害者が若くも美人でも社会的地位があるわけでもないから扱いがぞんざいなのかと思ったのだが、たしかにそういう理由もいくらか影響しているようではあるが、最大の原因は、例のあれに食われてしまったことにあったのだな。事件が発生した八日は、日本中がニッポンニッポンニッポンの大合唱で、熱に浮かされておった。前日まであれだけヒステリックに騒いでおった年金問題も緊急経済対策も院内感染も紙面の片隅に追いやられ、三十七歳独身フリーライターの怪死にいたっては、公園で朽ちはてた野良猫同様、取材するに値せずというわけだ。毒餌で死んだ野良猫のほうが、社会問題として扱ってもらえるだけ、まだましかもしれんな。人の命は地球より重いと、吾輩は幼少の頃聞かされて育ったものだが、それはたんなる文学的表現にすぎないのだと、この歳になってようやく理解した。市井の人間の命など、政治家が朝食で食べ残したパンより軽いのだ」

「結論を一言で言うなら、三日間で何も摑めなかった」

〈ザンギャ君〉があくびを嚙み殺すように言った。画面に映るカミツキガメも、眠そうに両目を半分閉じている。

「ネットで検索し、図書館にも足を運んだ。しかし被害者の名前と住所くらいしか記事になっておらんのだよ、三大紙でも通信社の配信でも。ジャーナリズムは地に落ちたな」

「内容に乏しい時ほど饒舌（じょうぜつ）になるよな、教授は」

「いや、それは……」

〈伴道全教授〉は顔を伏せる。

「なんだよ、そこに広げてあるノートは。あまりに収穫がありすぎて憶えきれないから、それを見ながら喋ってるのかと思ったじゃねーか。ただのお飾りか。黒板だけは一字一句余さず写し取って成績がさっぱりってやつ、クラスにかならず一人はいたよな」

「面目ない」

「既存のジャーナリズムが頼りにならないのなら、自分がジャーナリストになればいいじゃねーかよ。どうして現場周辺におもむいて情報を求めない？　そのノートを持って」

「それはその、吾輩にも普段の生活があるわけで……」

「ほうほう」

「無職は気楽でよいな。こちとら小遣いも自由に……」

〈伴道全教授〉は一度顔をあげたあと、白衣の背中を丸めて小さくなる。

「出井賢一の死体が発見されたのは八日の午前九時過ぎで、第一発見者は新宿消防署員なのだけど、四〇二号室の異変には、複数のマンション住人が早くから気づいていたんだって」

別の声がした。

「待てよ、ベイダー卿。オレ様が先だろうが」

〈ザンギャ君〉が文句をつけるも、〈頭狂人〉は無視して話を進める。

「午前一時半頃に番衆町ハウス内で異常な音がしたのを七世帯の住人が聞いている。旧番衆町は歌舞伎町や新宿駅も徒歩圏内で、幹線である靖国通り（やすくにどお）も走っているのだけど、商業施設や事業所にまじって集合住宅も結構あるんだよ。中には一戸建ても。通りを奥に入れば都会の喧噪はなく、だからマンション内の生活音もそれなりに聞こえるという。

異音を聞いた世帯のうち六世帯は別段何もしていない。一度音がしたきり静かになったから。真下に住む一人だけが非常に気にかけた。三〇二号室は皆本悠太（みなもとゆうた）という美大生で、あの晩は課題の版画に取り組んでいたそうなのだけど、音だけでなく震動もかなりのものだったらしく、版木の彫り屑が床に飛び散ったんだって。皆本も最初は、異状は単発で終わったので、すぐに版画の作業に戻った。けれど今のは何の音だったのだろうと気になる。

夫婦喧嘩で物にあたったのだろうか、寝相が悪くてベッドから落ちたのだろうか、ガス爆発だろうか、千鳥足で帰宅して転んでしまったのだろうか。しかしいずれの理由にしても、轟音一発きりというのが解（げ）せない。片づけの音、立ちあがって歩く音など、何一つ聞こえない。転んだ拍子に頭を打ち、気を失っているのだろうか。だとしたら、放置しておいたら取り返しのつかないことになるのではないか。

想像が想像を呼び、作業に身が入らない。手元がおろそかになり、残すべきところに刃先を入れてしまう。このままでは自分も取り返しのつかないことをしてしまうと、皆本は彫刻刀を置き、四〇二号室に様子を見にいくことにした。これが二時過ぎのこと。けれどチャイムには応答がない。やはり打ち所が悪く、昏睡状態にあるのだろうか。それとも、主は不在で、空き巣狙いが迂闊にも家具を倒してしまったのだろうか。いずれにしても悪い状況である。しかし状況を確かめようにも、玄関ドアには鍵がかかっていて開かない。時間が時間なので、隣人を起こして相談するのはためらわれる。警察を呼んで、実は酔っぱらって眠りこけていただけだったら顰蹙ものだ。

皆本はひとまず自分の部屋に戻った。しかしもう版画には集中できない。ベッドに入っても妙にドキドキして眠れない。まんじりともしないで夜を明かし、皆本はあらためて四〇二号室の様子を見にいった。これが午前七時のこと。今度も応答はなく、ドアも開かなかった。四〇一号室の中からは洗濯機の音が聞こえていたので、隣の様子がおかしいのだがと尋ねてみた。この隣人も、午前一時半頃に、生活音とは違う大きな音を聞いていた。けれど気に留めることなく寝てしまい、よからぬことが起きているのではと皆本が言っても、まったく関心を示さなかった。

そこで皆本は大家を訪ねる。番衆町ハウスのオーナーは同じ町内にもう一つマンションを所有していて、その一室を住居としていた。四〇二号室の様子がおかしいと状況を説明したところ、大家が鍵を開けてくれることになった。これが七時半。ところが中に入れなかった。ドアガードがされていたからだ。隙間から呼びかけても応答はない。室内側からしか操作できないドアガードがかかっているということは、主は室内にいると断定できる。なのに呼びかけに応じない。住人に異状が発生していることは間違いなかった。

一一九番通報がなされた。到着した消防署員はまず、隣室からベランダ伝いに四〇二号室に移った。しかし四〇二号室の掃き出し窓には鍵がかかっていた。外廊下に面した浴室とトイレと台所の窓にも鍵がかかっており、格子もはずれない。そこでドアガードが壊された。これが九時過ぎ。メインルームでは本棚が横倒しになり、上下スエットの男がうつぶせになっていた。声をかけても返事はない。この時点で心肺停止状態だった。近くの大学病院に搬送したが、蘇生することはなかった。

事件発生時に第三者に異状が伝わっておきながら、発見まで数時間かかったのは、以上のような経過があったからなんだ。でも、これでも相当早い発見だと思うよ。ご近所さんの様子がおかしいからって、わざわざ様子を窺いにいったりしないよ、普通。部屋から火が出ているとか異臭で息もできないとかならまだしも、不審な音が単発でしたくらいでは腰をあげないよ。夜中だし。怒号と悲鳴が断続的に続いても、私だったら無視するよ、絶対に。ヤク中が庖丁を振り回してたらどうすんの。へたにかかわって、自分の身に危険がおよぶのはごめんだもん。電気を消して家の中でじっとしているにかぎる。世の中全般の傾向がそうだよ。向こう三軒両隣というのは、旧き佳き時代の幻想。価値観が多様化した現代では、こちらの常識があちらの常識と一致せず、隣人とかかわることすなわちトラブルの種を抱え込むことになりかねない。たとえば、上で異常な音がした、何ごとかと見にいったら、部屋の模様替えをしているとと主が言う、こんな夜中に迷惑だからやらないでくださいと訴えると、オレは仕事柄昼夜逆転してるんだ夜の職業を差別するのかと逆ギレされ、以後、これ見よがしに夜中に洗濯機を回されたりエアロビをやられたりする、なんてことになりかねない。さわらぬ神に祟りなしなんだよ、現代は。都会とか田舎とか関係なしに。だから子供の虐待死を防げない。直接とがめれば、躾けているだけだとすっとぼけられ、児童相談所に報せれば、余計なことしやがってと逆恨みされる。だからお向かいさんの死体が白骨化するまで発見されないわけでしょ。出井賢一もそうなっておかしくなかった。同居する家族もパートナーもいないのだし。

皆本悠太、あんたは偉い。奇特な青年だ。見た目は、ストリート系の、結構遊んでそうで若い女以外の他人には興味がなさそうなあんちゃんだったんだけどね。現代人も捨てたもんじゃない。それともただの野次馬根性？

うん、実は、邪（よこしま）な気持ちも多分に入っていた。ずっとツイッターでつぶやいていたんだって。上の部屋で何かが起きているのは間違いなさそうだし、もし瀕死の重傷を負っていてそれを助けられたら自分はちょっとしたヒーローになれると、積極的に行動しつつ、それを逐一（ちくいち）ツイートしていた。でも、死んでいることは想定していなかったらしく、不謹慎なことをしてしまったと、当日中に記事も写真もすべて削除している。残っていれば、教授も検索して見つけられたのにね、残念。血を流して倒れていた出井賢一の写真も撮っているみたい。記者を装って、貸してくれと頼んだけれど、頑として拒否された。どのマスコミにも断わってるって。いちおうモラルはあると言っていいのかな」

「ベイダー卿も、成果があがらなかった時ほど饒舌になるな」

〈ザンギャ君〉がうんざりしたように言う。

「成果？　あったじゃん」

「どこに？」

「アクスの言に偽りがないとわかった。ドアには鍵とドアガードがかかり、窓にも鍵がかかり、四〇二号室は完全な密室状態だった」

「威張るほどの成果か。たんに裏を取っただけじゃねえか」

「新しい情報もあるよ。ドアガードと窓の鍵は室外からはかけられない。逆に言えば、室内からならかけられる。じゃあ犯行後室内から施錠して密室を作り、そのまま密室内にとどまり、部屋の様子を確かめるために外から密室が破られたあと、隙を衝いて抜け出せばいい。その可能性を検討した。

ドアガードが壊されて救急隊員が室内に入ると、皆本はそのあとに続き、どさくさにまぎれて写真を撮った。このとき大家は玄関先で待っていた。そのあと皆本は部屋を出て、警察が到着して現場を追い出されるまで、四〇二号室の前に待機していた。この時はまだ助平心があって、これまでの経緯とこれから受けるであろう事情聴取をどうブログにまとめようかと考えていた」

「つーことは、不審者が出てきたら、皆本か大家が気づくはず」

「そういうこと」

「つーことは、犯行後室内に残っていた可能性はないということじゃねーか」

「そう。トリックの可能性を一つ消すことができた」

「なんだよ、そのネガティブなのは」

「成果はまだあるよ。皆本は四階の外廊下で警察に事情を説明したそうなのだけど、その際、現場検証を行なっている捜査官が、『この部屋の鍵が見つからない』と漏らしたのを耳にしている。この間ザンギャ君が言ったように、犯人がそれを使って玄関ドアを外から施錠し、そのまま持ち去ったのだろうね。ということは、外からドアガードをかける方法があれば、この密室は崩れる。ということで、外からかける方法を検討してみた。

　糸や針金で操作するというのが真っ先に思いつく方法だろうか。けれど番衆町ハウスの玄関ドアは、古いわりには建てつけはしっかりしていて、ドア板とドア枠の隙間に糸や針金を通し、なおかつ操作するのは無理っぽい。ドア板に郵便受けはついていないので、そこのスリットを通すこともできない。では、磁石を使うというのはどうだろう。残念でした。ドアガードは磁性体でないため、どれだけ強力な磁石を持ってこようと、一ミリも動かすことはできません。

　結論。外からドアガードを操作するのは無理」

「それもネガティブな成果じゃねーか。次」

「以上」

「ダサっ」

「可能性を一つ一つ削り落としていくのも立派な推理じゃん。そういう自分はどうなんだよ」

〈頭狂人〉がとうとう気色ばむ。

「せっかく現地まで足を運んでおきながら、どうして三〇二号室の美大生にしか話を聞かないかね」

「殺人現場の両隣、四〇一号室、四〇三号室も訪ねたよ。ドアの隙間やドアガードの材質を確かめたのは、ここでだ。けど、話の収穫はなかった。隣室の異音は聞いているけど、気にせず寝ている。まさに正統派現代人」

「大家は?」

「大家? 部屋を開けるのに立ち会っただけじゃん。事件発生時には別の建物にいて、何も見てない聞いてない」

「そう決めつけるからだめなんだよ」

「夜中に番衆町ハウスの見回りでもしていたの?」

「ちげーよ。警察から話を聞いていた」

「警察?」

「あそこの大家というのは、いかにも噂好きのおばちゃんで、正確には、おばちゃんとばあさんの中間的存在だな、捜査員を見かけるたびに、出井さんは何が原因で死んだのか、殺されたのか、容疑者はあがっているのかと、井戸端会議感覚で捕まえて放さない。歌舞伎町あたりの強面(こわもて)にはおいこらとガンを飛ばす警察も、こういうおばちゃんには弱いんだよ。それで、本来なら伏せておかなければならない捜査情報を、つい漏らしてしまった。新聞社もテレビ局も、六大学卒のエリートを雇うより、おばちゃんを記者として採用したほうがいいんじゃね？」

「はいはいおもしろいおもしろい。で、どういう捜査情報？」

「出井の血中から睡眠導入剤の成分が検出された。少量のアルコールも。それで警察は、事故死を疑っている」

「えー？」

「出井は自宅に独りでいた。夜なので、ドアにも窓にも鍵をかけていた。そろそろ寝ようと睡眠導入剤を服用したのだが、事前に飲んでいたアルコールの影響もあり、ふらつき、転倒、打ち所が悪かったため、命を落としてしまった」

「えー？　床やテーブルの角に頭をぶつけた跡があったの？　本棚？　それで本棚が倒れた？　いや、そんなわけない。だってこれは殺人だもん。殺した張本人がここにいる」

「はい、ワタクシの仕業です」

と〈aXe〉。

「ほら。なんで事故なんだよ」

「落ち着け。事実が事故ということではない。警察が事故を疑っているということだ」

これは〈ザンギャ君〉。

「でも、事故を疑うのは、その痕跡が室内にあったからじゃん。床や家具にそういうのがあったわけ？　でもそれだったら、アクスが殺したという事実と矛盾する」

〈頭狂人〉は納得しない。

「落ち着けって。室内にそのような跡はなかった。凶器も発見されていない」

「はあ？だったら事故を疑う道理がないじゃん。第三者が凶器で頭を殴り、凶器は持ち去った――この解釈以外ない」

「頭を打ったのは部屋の外」

「は？」

「出井は外で飲み、帰宅の途上、電柱なり自販機なりに頭をぶつけた。帰宅し、玄関に鍵をかけ、寝るために眠剤を服んだところ、具合が悪くなり、その場に倒れ、そのまま息を引き取った。かくて密室の中の変死体の完成」

「えーっ？」

「頭部に打撃を受けても、打ち所によっては痛みの程度は小さい。アルコールの影響で感覚が鈍っていたとも考えられる。外部の出血が少なければ、後ろから追い越していった者にも気づかれない。受傷後しばらくは普通に活動できていたのに、その後容態が急変、短時間で死にいたるというケースは珍しいことではない」

「トーク・アンド・ダイ・シンドロームであるな」

と〈伴道全教授〉。

「いや、でも、おかしいじゃん、おかしい。そう、睡眠導入剤。出井は日ごろから睡眠障害を訴え、医師に薬を処方してもらってたの？　違うでしょ。これってどうせ犯人が自前の薬を服ませたんでしょう？　殺害時に抵抗されないよう。眠らせといて、ガツン」

これに〈aXe〉が応じる。

「それを明らかにすると大きなヒントになってしまうような……。でもまあいいでしょう。たしかにワタクシがアルコール飲料に超短時間作用型の睡眠導入剤を盛りました。ワタクシがクリニックで処方してもらったものです」

「ほら。だとしたら、出井の血中から検出された眠剤の出所が問題となる。警察は通院記録を調べないの？　部屋のごみ箱に、錠剤を出したあと捨てられたヒートシールを探さないの？　通院記録がなく、部屋で薬を服んだあともない。なのに自分の意思で服んだとか、どういう推理だよ」

「薬は人から譲り受けた。裸でもらい、ティッシュなどに包んでいた」

と〈ザンギャ君〉。

「えー？　そんな解釈、あり？　それに、決定的におかしいのが、鍵。四〇二号室内には玄関のキーが見当たらなかったんだよ。それは、犯人が拝借し、玄関ドアに外から鍵をかけ、そのまま持ち去ったからだよね。ね？」

「退出箇所を明らかにしてしまうと、トリックを限定されてしまうので……」

真犯人は歯切れが悪い。

「出井のキーを盗んだかどうかだけ教えて。玄関から出たか否かは明かさなくていい。そのキーを使って施錠したのかも言わなくていい」

「ええ、ワタクシが盗みました」

「本人が言うのだからこれ以上確実なことはない。出井は部屋の鍵を持っていなかった。じゃあ彼は外出先で頭を打って帰宅した際、いったいどうやって部屋に入ったわけ？　鍵、開けられないじゃん」

「出井は玄関ドアの鍵をかけずに外出した。外出先で、たとえば飲み屋で会計をした際バッグから落とすなどしてキーを紛失したのだが、鍵をかけずに出てきていたので、部屋に入るのは問題なかった」

と〈ザンギャ君〉による説明。

「鍵をかけ忘れ、しかしキーは忘れず持って出ていて、それを落として帰ってきた？　そんな都合のいいことが！」

「だよな。でも警察はそう解釈してんだよ」

「嘘だ。高校生でもそんな推理はしない。大家のおばちゃんの聞き違いか捏造じゃないの」

「いや、ありうることだぞ」

〈伴道全教授〉がノートから顔をあげた。

「警察が、社会正義、秩序維持のために存在しているというのは、理念であり理想にすぎない。人間がやっている以上、様々なしがらみがある。真相解明が求められる一方で、早期解決も求められる。未解決事件は抱え込みたくない。すると、民間企業が数字を優先するような事態が発生する。吾輩はこういう例を知っておる。

死体の両手両足両目と口に粘着テープが巻かれ、首にはロープの跡があり、しかしロープは十メートル離れた場所にあり、そのあたりの高所にロープを引っかけられるようなものはなく、死因は失血死で背中から肺に刺し傷があり、凶器と思われる刺身庖丁はきれいに血がぬぐわれて台所のナイフブロックに立っていた――とある県警が、これを自殺として処理したのだ。こんな奇っ怪な死に様でないとしても、死んだ男は、仕事は順調、家庭にも恵まれ、借金も対人トラブルもなく、一週間後には海外旅行の予定で、自殺する理由は何一つないのだ。

世の中、不審死がどれだけ事故や自殺として処理されていることか。変死体が解剖されないことも珍しくない。そこに高度な政治的な圧力が働いている場合もあろう」

「ま、出井賢一に関しては、政治的な圧力はかかってないだろうがな」

〈ザンギャ君〉は笑いまじりに言って、

「警察が事故扱いしようとしていると聞き、失笑するのは凡人、憤慨するのは俗物。

賢人は閃(ひらめ)きを得る。それがオレ様。

出井は家の外で怪我を負った。しかしそれは酔っぱらってすっ転んだ自損事故ではなく、ここにいるジェイソンマスクの暴漢に襲われたのだ。出井はなんとかその場を逃げ出し、激痛に耐えながら自宅に帰り着く。ジェイソンが入ってこないよう鍵をかけ、それから助けを呼ぼうとしたのだが、そこで力つきる。かくて密室の中の変死体の完成」

「そんなのない。絶対にない」

すかさず〈頭狂人〉が反論する。

「外で襲撃されたあと、自宅に逃げ帰ろうとせず、路上で助けを求めるかもしれない。というか、普通はそうする。シナリオ通り行動してくれる確率はきわめて低い」

「襲われたのが自宅のそばならどうだ。そばもそば、番衆町ハウスの中、三階と四階の間の踊り場で襲われたのなら。出井は外出先から帰宅してきたところで、階段を下から上に昇っていたところ、背後から襲われた。つまり暴漢は下からやってきた。すると逃げるのは上に向かってだろう。上とは四階、四階には自分の部屋がある、ならばそこに逃げ込むだろう、第二の襲撃から逃れるためにドアには鍵をかけるだろう、とシナリオを組むことにさほど無理があるとは思えないが」

「踊り場で襲われたのなら、それこそその時の悲鳴や怒号を住人が聞いているんじゃないの。いやそれより、シナリオ通り四〇二号室に逃げ込み、ドアに鍵とドアガードをかけてくれたとしても、そのあと死んでくれなかったらどうするの。密室は完成しても、そこに死体がなければ意味がない。生かさず殺さず、部屋まで逃げ帰る余力だけ残すよう殴りつけるなんて、できっこない」

「だよな。オレ様もそう思うよ。たんにそう閃いただけで、それを解答として提出しようとは思っていない」

「なんだ、結局そっちも成果なしなんじゃん。それを塗り隠すための長話」

「ちげーよ。オレ様は朗報を伝えたかったんだよ」

「はあ？」

「警察は事故死で処理しようとしている。つーことは、この斧野郎に捜査の手が伸びることはない。ひいてはオレらも枕を高くして寝られる。よかったな、オメーら。

さてここからがオレ様の本命推理だ」

8 of 9（五月十六日）

〈ザンギャ君〉のターンが続いている。

「ドアガードは外からかけることはできない。しかし中からかけたのでは、部屋を出ていけなくなる。しかしベイダー卿の聞き込みにより、殺害実行後、犯人が室内にとどまり続けていた可能性は排除された。すると残る選択肢は一つ。自分は外に出ている状態で、中からかけてもらうしかない。しかしそれを頼める人間は中にいない。単純作業を仕込めそうな動物もいない。すると残る選択肢は一つ。機械を使う。

ドアチェーンとドアガードの違いは、見た目や防犯性だけではない。かける時の動作に大きな違いがある。ドアチェーンは、まずチェーン部分を持ち、次に穴まで持っていき、そしてチェーンの先端部分を穴に落とし込む、という三つの動作が必要だ。対してドアガードは、アームを回転させるという、たった一つの動作で完結する。

ドアチェーンを機械にかけさせるにはかなり大がかりな仕掛けが必要となるが、ドアガードなら単純なものですむ。アームは回転軸で固定されているので、持って支える必要はない。押すなり引くなりする力を加えるだけで、それにしたがって回転し、受座の突起にはまる。すぐに次のような仕掛けを思いつく。

ドアガードのU字形のアーム部分に糸を結びつけ、糸のもう一端を機械に引っ張らせる。

これだけでは、死体発見時にも機械とドアガードが糸でつながれていることになり、トリックがまるわかりだ。そこで少し工夫を凝らす。

ドアガードがかかったのちも引っ張り続けることでアーム部分の結び目が解ける。

なお引っ張り続けることで糸を見えなくしてしまう。

以上の動作を行なってくれる機械は何だ？　糸を巻き取る機能を持った機械だ。電工ドラム、釣りのリール、毛糸の玉巻機――そういう機器が現場に存在しないか？　写真を見てみる。部屋には物があふれかえっているが、そのようなものはなさそうだ。

しかしあきらめるのは早い。糸を巻き取る専用の機械でなくても、回転することで糸を巻き取るような動作をしてくれれば代用がきく。扇風機はどうだ？　これも見当たらない。だが、エアコンがある。エアコンの中には送風用のファンがある。

ドアガードのアームとエアコンのファンを糸でつなぐ。糸には十分余裕を持たせておく。エアコンのスイッチを入れるとファンが回り、糸を巻き取りはじめる。しかし糸には余裕があるため、ドアガードはまだ動かない。この間に玄関から部屋を出、ドアを閉める。糸はどんどんエアコンに巻き取られ、やがてピンと張り、ついにドアガードを動かし、結び目がほどけ、なお巻き取られ続け、最終的にはすべてエアコンの中に消えてしまう。かくして密室の完成」

「エアコンのプラグが壁コンから抜けてるんですけど」

〈頭狂人〉が言った。それはpic11で確認できる。冷房も暖房も使わないシーズンなので、待機電力をカットしているのだろう。

「んなこたー、わーってるよ。思考の経路を順序立ててトレースしているだけだ」

〈ザンギャ君〉はムッとして吐き捨てて、

「エアコンは使えない。ではほかに何がある？　あらためて写真を見ていくと、あった。メインルームではない。台所の写真、17番。換気扇だ。これとドアガードを糸で結べば、エアコンの場合と同じ結果が得られる」

「死体が発見された時、換気扇が回りっぱなしだったら怪しまれるんじゃない？」

また〈頭狂人〉がクレームをつける。

「そして調べられ、糸を発見されてしまう。これがエアコンや扇風機だったら、タイマーで切ることができるけど」

「これを事故死扱いするような警察なら、回りっぱなしの換気扇に不審をおぼえるとは思えねえ。遺族が支払うことになる電気代がもったいないと、スイッチを切って、終わりだ」

「言えてるけど、事故死扱いしているのは、あくまで結果としてでしょ。警察が事故死扱いしてくれることを期待してトリックを仕掛けるなんて無謀すぎる」

「だったら、換気扇が回っていてもおかしくない状況を作っといてやればいい。被害者はガスレンジを使った直後に殺された——のだったら問題ないよな。お？　どうやら実際に犯人もその手の工作をしたようだな」

pic17で、ガスレンジの薬罐と、流しに放置されたカップ焼きそばの残骸が確認できる。流し台はステンレスの部分を除いて黒い色をしている。ガスレンジと薬罐も黒。

「実際、死体発見時に換気扇は回っていたの？　回っていたのなら、そのトリックを支持してもいい」

「大家の話には出てこなかった。下の部屋の美大生は何と言ってた？」

「何も。そういうトリックが使われたと踏んで聞き込みに出向いたんじゃないから、質問しなかったし」

「けど、推理としては成立しているだろ？　メカニズムも単純で、特殊な技能がなくても仕掛けられる」

「うーん」

「自分は答を持ってこなかったくせに、人の推理にはケチつけるのかよ」

「そこを衝かれると……」

「ということで、これがオレ様のファイナルアンサー」

見得を切るように〈ザンギャ君〉が言葉を止める。

一秒、二秒と経過し、そろそろ〈aXe〉が判定を下すだろうと思われた頃、画面にテキストが表示された。

〈5、6〉

「コロンボちゃん？」

〈05と06〉

「あん？」

「写真の番号じゃないの？」

〈頭狂人〉が言った。pic05は四〇二号室の図面で、pic06は玄関ドアを室内側から写したものである。

〈台所は、玄関ドアを背に立ち、右手にある〉

「それが？」

〈ドアガードは、玄関ドアに向かって、ドアの右側に取りつけられている。アームがドア板に、受座がドア枠に〉

「それが？」

〈アームは受座に向かって回転運動をする〉

「だから？」

〈玄関ドアを背にすると、ドアガードの位置は左側。アームは右から左に回転する〉

「そりゃそうだ」

〈その回転運動の力点である換気扇は台所にある〉

「そうだよ」

〈台所は、玄関ドアを背にすると、右手にある〉

「わかってるって。だからそれがどうした？」

〈換気扇は右、ドアガードは左〉

「だー、かー、らー？」

〈ドアガードのアームに結ばれた紐を右方向から引くと、右方向に動こうとする〉

「あたりめーだ」

〈アームは右に回転しようとする〉

「しっけー」

〈アームは左に回転するようにできている〉

「ん？」

〈右に動かしてもドア板にぶつかるだけ〉

「あ？」

〈左に回転させないと受座の突起にははまらない〉

「あ」

「換気扇とドアガードのアームを紐でつないで換気扇を回しても、アームは受座とは逆方向にしか動かず、決してロックしない。つまり、換気扇を使ったトリックは番衆町ハウス四〇二号室では成立しないと」

〈頭狂人〉が傷口に塩を塗った。反論も激昂もなく、ぐむむと鼾のような唸り声を残し、〈ザンギャ君〉は沈黙する。

「ドアガードの左側に位置したバスルームかトイレに換気扇があれば成立したのですけどね。古い建物だから窓による自然換気で、リフォームの際にも変えられませんでした。残念」

〈ａＸｅ〉が余裕で笑う。

「や！」

〈伴道全教授〉が伸びあがった。

「わかった。わかった。わかったぞ」

シンバルを持った猿の人形のように両手を大きく叩き合わせる。

「ほほう、お聞きしましょう」

「雌伏(しふく)すること幾星霜(いくせいそう)、ついに吾輩もMVPを獲得する時が来た。しかしこの栄誉の半分はザンギャ君殿に譲ろう。なぜならこの最終解答、ザンギャ君殿の推理に触発されて閃いたのであるから」

「いらねえよ！」

カミツキガメの画面の下のレベルメーターがレッドゾーンまで振れる。

「機械というのは実によくできたもので、時として、作った人間様よりも有能な働き手となってくれる。ミステリーのトリックにおいても、生身の人間には不可能なことを成し遂げてくれ、それが傍目(はため)には摩訶不思議に見えるものである。しかしその反面、運用するには特殊な知識や技能が必要であったり、ミリ単位の精度が要求されたり、仕掛けの回収を行なわないとトリックが発覚してしまったりと、労多くして実り少ないことしばしばである。アクス殿の共鳴トリックがまさにそれであったな。ザンギャ君殿が今しがた開陳(かいちん)された糸の巻き取りトリックがうまくいかなかったのも、運用の難しさが災いしておる」

「うるせー」

「そこで吾輩は閃いた。何の機械も使わなければ、細かな制約に悩まされることはない。物理的な作用をもたらすものは、なにも機械にかぎったことではないではないか。床の埃を除去してくれるのは電気掃除機だけではない。窓からの風もまたしかりなのだ。そう、自然の力を利用するのだ。

　ドアガードのアームを、ドアの開閉をじゃましないぎりぎりの位置まで動かしておき、外に出る。そしてドアを強く閉めてやるのだ。すると震動でアームが動き、受座の突起にはまり、かくして密室の完成」

〈伴道全教授〉は弓を引くように両腕を前後に広げて見得を切る。

「無理」

　一言で斬り捨てたのは〈頭狂人〉である。

「無理なものか。貴殿はわが輩の話をしかと聞いておったのか？　アームは受座の近くまで動かしておくのだぞ。あと少し動かしただけで突起にはまる。ドアを強く閉めれば、その程度の運動エネルギーは生じる」

「『あと少し』というけれど、一ミリ二ミリじゃないよね。一、二センチはある。ドアを強く閉めただけでは、アームはそんなに動かないよ。何でそう言いきれるのかというと、そのトリックは私も思いついてたんだよ。それで、番衆町ハウスでの聞き込みの際、ドアガードをチェックした。そしたら、かなり抵抗があるんだよ、アームを左右に回転させるのに。たぶんね、これは事故防止のためだと思う。ドアを閉めた震動でドアガードがかかってしまったら、部屋の主が自分の部屋から閉め出されてしまうという事態が発生してしまう。そうならないよう、あえて動きを堅くしているんだよ」

「いや、だから、強く閉めると言っておるだろう」

「強く閉めることも想定して設計してあると思うよ。他人の迷惑なんて考えず、ドアを力まかせに閉める人間って結構いるし、風の助けで意図せずドアが勢いよく閉まってしまうこともあるから」

「いや、だから、常識で考えうる強さを超えた強さで閉めるのだよ。ドアに体当たりするような感じで」

「ブロック・レスナーがタックルしても無理だと思う。なぜかというと、四〇二号室の窓は全部閉まっていたんだよね。その状態でドアを強く閉めようとしても、室内の空気の逃げ場がないため、その空気が大きな抵抗としてドアを室内側から押し返すことになり、こちらの力が殺されてしまう」

「う……」

「それともう一つ、仮に渾身の力で閉めたら、その時の音と震動は相当なものでしょう。それを住人の誰も感じていないのはなぜ？　一時半の異音がそれ？　いや、さすがにどれだけドアを強く閉めても、本棚は倒れないよ。本棚の中で本が倒れたり、一、二冊床に落ちたりする程度で。だから本棚が倒れたのは殺害時で、ドアを閉める音と震動は、それとは別に発生しなければならない。けど、正体不明の大きな音は一度しか聞かれていないんだよ。深夜にドアにタックルを食らわせたら、そのすさまじい音と震動をマンションの住人が、とりわけ両隣が感じなかったとは、とても考えられない。違う？」

〈伴道全教授〉はがくりと首を折る。

「終了」

〈ザンギャ君〉が心のこもっていない拍手をする。

「ではそろそろ正解の発表とまいりましょうか」

と〈ａＸｅ〉。

「もう少し考えさせろや」

「一度間違った人は列の後ろに並び直し、順番待ちを利用して考えてください」

「オメーが正解を発表したら、考えても無駄じゃねえか」

「全員がギブアップするまで、ワタクシは種明かししませんよ。けれど、まだ一度も解答していない方が正解してしまいそうなので、おたくがこれからうんうん唸って別の推理をひねり出したところで、永遠に順番は回って来ないかと。コロンボ氏、おたくは何もかもお見通しなのでしょう？」

9 of 9 （五月十六日）

〈間取りについての確認〉

肯否を明らかにする代わりに、〈044APD〉はそんな文を打ってよこした。

「どうぞ」

〈玄関とメインルームの間には短い廊下があり、廊下とメインルームはドアで仕切られている〉

「ええ。図面や写真のとおりです」

〈死体発見時、そのドアは閉じていたか、それとも開いていたか〉

「いきなりそこを衝きますか」

〈閉じていた？　開いていた？〉

「開いていました。やはりわかっていますね」

〈どのくらい開いていた?〉

「全開です。ああ、もうだめだ」

〈今回の問題には一つのテーマがある。密室、アリバイ、特殊な兇器、暗号といったトリックの種類ではない。『遠隔操作』という技術だ〉

「ああ、何から何まで見抜かれている。こっちがギブアップです。正解!」

「オメーだけ納得すんな」

〈ザンギャ君〉が吠える。

〈監視カメラの映像をネット経由で現場から離れた場所でキャプチャーしたというのも遠隔操作〉

「んなこたぁわかってる。密室も遠隔操作で作ったのか?」

〈そう〉

「どうやって?」

〈監視カメラの映像と同じで、ネット経由で操作した〉

「ネットで?　操作する対象は鍵やドアガードなんだぞ。リアルに形も重さもある物体。映像や音声といった実体のないデータを扱うのとはわけが違うんだぞ。いくらなんでもそりゃ無理だ」

〈鍵を直接遠隔操作するのではない。ロボットを遠隔操作して鍵をかけさせた。正確には、鍵ではなく、ドアガードを〉

「ロボット？」

〈Ｗｉ－Ｆｉ搭載のロボットは、ネットワーク経由でＰＣで操作できる〉

「あ？」

〈メインルーム、キッチン、バスルーム、トイレ、以上四か所の窓は、犯人が室内から施錠する。全窓を先に封鎖してしまうので、退室は玄関からとなる。玄関ドアの近くにロボットを置いたのち、外に出、ドアを閉め、被害者のキーで施錠し、現場を離れる。この段階ではドアガードはかかっていない。ドアガードをかけるのは、道端でも喫茶店でも車や電車で移動中でもリオデジャネイロからでも、インターネットにつながる環境を確保できるなら、どこでもいい。ＰＣでインターネットに接続し、番衆町ハウス四〇二号室のローカルネットワークに入り、そこに無線ＬＡＮでつながっているロボットに対し、操作アプリケーションで命令を送る。ロボットは命令に従ってドアガードのアームを動かし、受座にはめる。ロボットにはウェブカムが搭載されているため、それを通じた映像をモニターすることにより、ドアガードを確実にはめることができる。密室は以上で完成だが、ロボットをその場に放置していたのではトリックが看破られてしまうので、メインルームに移動させる。これも搭載されたウェブカムの映像をモニターしながら、車を運転する要領で動かす。玄関の土間と廊下は段差になっているが、ロボットには無限軌道が装着されているので、乗り越えることができる。廊下とメインルームの間のドアは開放されているので、ロボットに開けさせる必要はない。土間で汚れた無限軌道でメインルームまで移動すれば、多少なりとも床に汚れがついてしまうと思われる。しかし床は黒いため、汚れが目立ちにくい。またその汚れは、救急隊員の出入りにより原形をいちじるしく崩されてしまうため、警察の捜査の手助けにはならない。以上〉

「黙って聞いてりゃ、この野郎。Ｗｉ－Ｆｉで操縦可能なロボット？　どっから調達してくんだよ、そんなもの。理研か？　大学の研究室か？」

「ペットロボットがあったではないか」

〈伴道全教授〉が両耳の横に手を立てた。

「小さすぎだ、バカ。ちんちんしてもドアガードまで届かねえ」

「おたくは知らないのですか？　今や、あの一世を風靡した子犬型ペットロボットよりはるかに高機能なものが、ずっと低価格で、アキバや通販で手に入りますよ。ちょっとばかり高級なおもちゃですよ、おもちゃ」

〈ａＸｅ〉が笑うように言う。

「それを買って、出井の部屋に持ち込んだのか？」

「ええ」

「回収はどうすんだ？」

「回収？」

「仕事を終えたロボットだよ。救急隊員が出井を運び出すどさくさにまぎれて、遠隔操作で部屋の外に移動させるのか？　階段まで動かし、そこからは自分で抱えて運び去る」

「現場からそんなものが出てきたら、皆本が気づいているよ。警察が到着するまで四〇二号室の前に待機していたんだから」

〈頭狂人〉が言う。〈ａＸｅ〉が応（こた）える。

「今も現場にありますよ」

「現場？　四〇二号室？」

「もちろん」

「遠隔操作で隠したわけ？　四〇二号室のどこに？」

「べつに隠してませんよ。ドアガードをかけさせたあと、玄関からメインルームに移動させて、そのままです。七万円は惜しいけど、取り戻しにいって警察に見つかったら、元も子もありません」

「玄関ドアのそばからメインルームに移動させたとしても、そんなものが一般家庭の中に存在していること自体、警察の興味を惹いてしまう。ペットロボットみたいにかわいいのなら印象は変わってくるけど」

「心配いりません。そこが茶室やゴスロリ趣味の女子のベッドルームだったら、ロボットなんかあったら違和感ありまくりですよ。けれど出井のこの部屋は、一般人には理解不能なガジェットがそこここに散らばっているのです。ロボットの一つや二つあっても特段目を惹きません。一種の『木の葉は森に』ですね」

「ロボットなんてアンフェアだろ」

今度は〈ザンギャ君〉。

「機械トリックがずるいと？　おたくが推理した換気扇のトリックも、機械トリックではないですか」

「ちげーよ」

「新しい技術を採り入れたトリックがお気に召さない？　もっと一般に普及している道具を使え？」

「そういう意味でもねーよ。特殊な道具を使ってもいっこうにかまわねえ。ただ、それに際しては、その道具に関する情報を何らかの形で事前に出しとけってこと。換気扇なら、それがどういう働きをするものなのか、どこに設置されるものなのか、誰もが知っているので、いちいち説明するこたぁない。だが、ネットワーク経由でコントロールできる最新型のロボット？　そんなものの存在、誰が知ってんだよ」

「ワタクシ」

「テメー」

「事前にしっかり情報提供してありますが」

「いつ？」

「ワタクシが使ったロボットの写真をアップしておいたじゃないですか」

「嘘こけ。前時代の犬ロボットしか写ってねーじゃねえか」

〈11〉

〈ａＸｅ〉の代わりに〈０４４ＡＰＤ〉が答えた。pic11はメインルーム北側の一角を写したもので、双眼鏡にカメラの防水ケース、小型ＬＥＤフラッシュライト、未開封の食玩、ＯＡクリーナー、電池の充電器といった雑多な小物が詰まったカラーボックスと、その横のスチール製キャビネットを中心に写されている。

「どこにロボットがある？　この二頭身のクマのぬいぐるみか？　十センチ？　二十センチ？　犬ロボットより小せーぞ。ドアガードまで届かねえじゃねーか。ジャンプすんのか？」

「おたくには、ロビー・ザ・ロボットやC－3PO、ムラタセイサク君のイメージしかないようですね。人型のものなんて、ロボットのごく一部ですよ。だいたい二足歩行というのが不安定で実用的でない。自動車工場にある産業用ロボットに顔や手足がありますか？　出井の部屋にある自動掃除機だってロボットの一つの形ですよ」

「うるせー」

「キャビネットの陰に見えてるやつ？」

〈頭狂人〉が言った。

「そうです」

金属プレートやパイプを組み合わせた現代美術のオブジェのようなものが写っている。下部には無限軌道らしきベルト状のパーツがある。

「見えねえよ。見えても気づかねえよ。気づいても何だかわかんねえよ。そういう物が部屋にあると、一言言っておけよ」

〈ザンギャ君〉がわめき散らす。

「何のための写真ですか。そこに写っている一品一品を、コンセントの位置と口数から、髪の毛が抜け落ちている箇所の座標、テレビのリモコンのボタンの汚れ具合、机の上のペンの本数とブランド名と色とインクの残量にいたるまで説明しないといけないのですか？　わかりました。次回からは写真の提供は取りやめ、口頭で説明することにします」

黙れ、屁理屈をぬかすな、もっとはっきり見えるように撮れと罵声を浴びせ続ける〈ザンギャ君〉だったが、〈０４４ＡＰＤ〉の一言で沈黙した。

〈僕には見えていた〉

「ほら。現に気づいている人がいるのですから、写真をいちいち説明しなかったからといって、アンフェアとはなりません。そうそう、大切な一言を忘れていました。

正解！

またコロンボ氏にやられましたか。六連勝くらいいきました？」

〈８〉

「さりげなく自慢ですね」

「一寸待ちたまえ」

〈伴道全教授〉がウェブカムを鷲掴（わしづか）みにするように手を差し伸ばした。

「コロンボ殿の勝利を宣言するのは性急というものだろう」

「コロンボ氏の推理で正解ですよ。細かな間違いはありますよ。ワタクシがロボットの操作に使ったのはPCではなくスマートフォンです。また、コロンボ氏が言及していない点もいくつかあります。たとえば、ワタクシがいかにして出井賢一に近づき、どうやって睡眠導入剤入りの酒を飲ませたか。しかしそれらは問題の本質には関係のないことです」

「いや、そう指摘しているのではなく――」

「ああ、わかりました。ワタクシのロボット遠隔操作より、もっとクールな方法で密室を作れると。だとしても、それはまた別の話でしょう。トリックの優劣を競っているのではないのですから。その驚愕のトリックはお手元のノートに記し、次回教授が出題する時まで取っておいてください。楽しみにしています」

「いや、そうでもなくて、問題がもう一つ残っておるだろう。密室は破られた。しかしアリバイはまだ崩されておらん」

「そうだよ。あれはどうなった？」

〈ザンギャ君〉が復活した。

「どうなったもこうなったも、あれは二人一役だったのでしょう」

「そうなのか？」

「そう結論づけたのはおたくですよ」

「二人一役で正解なのか？」

「さあ」

「さあって、オメー」

「二人一役ということでおたくは納得していたのだから、二人一役なのですよ」

「あんなぁ」

「裸でみっともないと言ってさしあげてるのに、イケてる服だろうカッコいいだろうとパンツ一丁で闊歩（かっぽ）している。王様がそれでしあわせを感じているのなら、もう何も申しません。ただ一言、くれぐれも風邪をひかないように」

「テメ――」

「吾輩は納得しておらんかったぞ」

〈伴道全教授〉が手を叩いて割って入った。

「二人一役を強硬に主張しておったザンギャ君殿はともかく、それを支持しておらんかった吾輩には真相を知る権利がある。ベイダー卿殿、コロンボ殿にも」

「いいえ。三人とも、アリバイ問題を打ち切ったことに対し、何のクレームもつけませんでした。それは、二人一役説を無言で承認していたことの表われにほかなりません」

「それは誤解だ」

「あるいは、あのアリバイ崩しにはたいして興味がなかった」

「何を言っておるか」

「そういうわけで、終了」

「こらこら、勝手にまとめるでない。なあ、ベイダー卿殿？」

「出題者本人のやる気が喪失しているのなら、どうしようもないよね」

「貴殿も何を言う。気持ち悪いではないか、真相が永遠の謎となってしまって。なあ、コロンボ殿？　お！　もしかして貴殿は、二人一役とは違った解答を持っておるのではないか？　うむ、そうに決まっておるな。一寸それを披露してくれまいか。コロンボ殿？　や！　いつの間にかログアウトしておる」

つい先程まで〈044APD〉のウインドウに映っていた人のシルエットは消え、真っ暗になっている。

「ほら、その程度の興味なのですよ、みんな」

「いや、吾輩は——」

「ただし、ここにいる四人は真相解明を放棄したわけだけど、そっちにいるおたくたちは意思表示をしていませんよね。ワタクシのアリバイ崩しに興味がありますか？　傍観するだけでは物足りませんか？　それではどうぞ、かかってらっしゃい。

　出井賢一が死んだのは、五月八日の午前二時前後、東京都新宿区において。これは警察が保証するものである。しかしワタクシは同日午前一時三十二分、名古屋市千種区に存在していた。こちらも警察のお墨付きをいただいている。

　ワタクシはこの世に二人存在するのか？　あるいは時空の歪みを生じさせることができるのか？　それとも——。

　最後まで視聴してくださった、おたくの推理はいかに？」

　〈aXe〉の画面に、ジェイソンマスクをさえぎるように手斧が飛び出てきて、画面のこちらを切り裂くように斜めに振りおろされた。

五月十八日

「ワタクシはこの世に二人存在するのか？　あるいは時空の歪みを生じさせることができるのか？　それとも——。

最後まで視聴してくださった、おたくの推理はいかに？」

〈ａＸｅ〉の画面に、ジェイソンマスクをさえぎるように手斧が飛び出てきて、画面のこちらを切り裂くように斜めに振りおろされた。

そこで止まった画面を前に、嵯峨島行生は無意識に溜め息をついた。かれこれもう二十回は見た動画で、一つ一つの発言をあらかた憶えてしまった。

前夜のことである。友人からメールがあった。タイトルは〈本物？〉、本文にはＵＲＬが一つ貼られていた。

リンク先のサイトは動画共有サービスで、そのＵＲＬを踏むと、〈1 of 9（五月十三日）〉というタイトルの動画の再生がはじまった。

動画はパソコンのモニター全体をキャプチャーしたもので、そこにはＡＶチャットのウインドウが五つ開いており、それぞれに異形のものが映し出されていた。黄色いアフロヘアの〈伴道全教授〉、ダース・ベイダーのマスクの〈頭狂人〉、ジェイソンマスクの〈ａＸｅ〉、水槽の中のカミツキガメの〈ザンギャ君〉、人のバストアップのシルエットの〈０４４ＡＰＤ〉。

異様なのは風体だけではなかった。彼らは人殺しの話を嬉々として行なっていた。しかも、自分たちが行なった殺人の話を。

二年前、ある殺人ゲームが数年にわたって集団で行なわれていたことが明るみに出た。彼らは〈伴道全教授〉〈頭狂人〉〈aXe〉〈ザンギャ君〉〈044APD〉を名乗り、AVチャットを利用して推理合戦を行なっていた。メンバーの中の一人が市井の誰かを殺し、その手口について、残りの者が推理するのだ。リアル探偵ごっこである。

そういう遊びは社会的に許されないと彼らは認識しており、それゆえ彼らは五人だけの閉じた世界で禁断の遊びに興じ、その内容について口外することはいっさいなかった。しかし二〇〇六年の六月、メンバーの一人、尾野宏明（おのひろあき）が逮捕されたことにより、〈密室殺人ゲーム〉の全容が明らかになった。

恨みでも憎しみでも口封じでも金のためでも劣情からでも嫌がらせでもなく、思いついたトリックを実際に使ってみたい、ただそれだけのために人を一人、時には二人、三人、十人でも殺す。そしてそれをチャットで自慢げに披露し、和気藹々、酒でも飲みながら推理講義に花を咲かせる。その非人道的な犯罪に、世間は大いに震撼した。

一方で、この殺人ゲームをおもしろがる者も少なからず存在し、多くの模倣犯（フォロワー）を輩出した。自分で考えた密室やアリバイのトリックを実際に使って人を殺してみるという事件が相次いだのである。たいていは一人で行なわれ、トリックを使った殺人止まりだったが、中には五人ちょうど人を集め、尾野たちが行なっていた戯画的な仮装や口調までもまねた推理合戦を繰り返していたグループもいた。殺人は行なわず、白衣に黄色いアフロヘアで同人イベントに現われるような者も含めると、フォロワーは百人ではきかなかった。

尾野宏明たち五人がＡＶチャットで推理合戦をする様子を記録した動画ファイルが、警察の不手際によってインターネット上に流出したことが過去にあり、嵯峨島はそれを見たことがあった。なので昨晩〈1 of 9（五月十三日）〉を見てまず思ったのは、また職業意識の低い警察官がファイル共有ソフトを使って暴露ウィルスに感染し、最近逮捕した模倣犯から押収したＡＶチャットの記録動画が一般に出回ってしまったのかということだった。

動画共有サービスは、アップロードする一動画ファイルの容量に制限があるため、再生時間の長い動画はいくつかに分割されてアップロードすることになる。〈1 of 9（五月十三日）〉は話が中途半端なところで終わっており、その続きは別のファイル〈2 of 9（五月十三日）〉で見ることができた。以下〈9 of 9（五月十六日）〉まで都合九つに分割された動画を順を追って見ていくうちに嵯峨島は、以前見た流出動画とはどこか印象が違うと感じた。その思いが決定的になったのは、〈9 of 9（五月十六日）〉の最後においてである。〈aXe〉を名乗る者が、チャットのほかのメンバーに対してではなく、この動画を視聴している者に対してとしか思えない語りかけを行なっていた。この動画は警察の押収物から流出したものではない。最初から不特定多数の者に見せることを目的として作られ、動画共有サービスに投稿されたのだ。

この一連の動画で語られている殺人事件はフィクションであると、嵯峨島は最初思った。番衆町ハウスという架空の建物を舞台とした架空の密室殺人をシナリオとして書き下ろし、犯人役、探偵役を割り振り、五人で芝居をしている。現実に発生した密室殺人ゲームのパロディである。

しかし調べてみると、五月八日の朝、東京都新宿区新宿五丁目で、三十七歳のフリーライター、出井賢一が変死体で発見されるという事件が現実に発生していたのである。現場である番衆町ハウスがカラーサイコロジーを採り入れたマンションであるというのも事実だった。さらに、動画の中に出てくる写真投稿サイトに行き、〈小早川譲二〉、〈千草泰輔〉で検索をかけてみると、散らかった部屋での死体や交通反則告知書の写真がヒットしたのである。

〈1 of 9（五月十三日）〉以下九つのファイルがアップロードされたのは五月十七日

の二十一時となっていた。嵯峨島が最初に見た同日二十三時の時点で、一連の動画の閲覧数は七千を超えていた。もしこれが現実に発生した出井賢一殺害事件の犯人たちのやりとりを記録したものだとしたら、当局の耳に入りしだい削除されると予想し、嵯峨島は動画九点と写真二十二点を自分のパソコンにダウンロードしておいた。

今朝サイトを覗いたところ、動画も写真もすべて削除されていた。有志によってほかのサイトに再アップロードされていたが、それも昼には削除されていた。当分はこのいたちごっこが続くのだろう。

嵯峨島がコーヒーを淹れてパソコンの前に戻り、二十何回目かの視聴を行なおうとしたところ、インターネット電話がかかってきた。

「わかった?」

三坂健祐(みさかけんすけ)——この動画の存在を教えてくれた友人である。

「いや。だいたい、彼らが何でこんな動画をアップしたのか、そこのところからわからない」

嵯峨島は首を振る。

現実に発生した未解決事件であること、死体をはじめとした現場の写真があること、当局による迅速かつ徹底した火消しが行なわれていることなどから判断して、この動画に登場する者たちの誰かが出井賢一を殺したことは間違いないだろう。そしてこの動画は、グループ外への問いかけがなされていることから判断して、犯人グループが自分たちの意思で公開している。

しかしこのようなものを公開すれば、警察の捜査を手助けすることになってしまう。自分で自分の首を絞めてどうするのだ。テロリストは、ビルを爆破した直後、自分たちが行なったと声明を出す。それと同じようなものなのか。政治的な意図はなく、たんなる愉快犯なのか。

「公開した理由なんてどうでもいいだろ。こいつらが捕まればわかることだし。どうせたいした意味はないよ。人まねをして喜んでる、中身のないやつらなのだから。そんなことより、問題はアリバイだ。ジェイソンのアリバイは崩せたか？」

「いくつか考えたけど、正解ではないと思う、たぶん」

「なんだ、ミステリー年間二百冊読破の実力はその程度か」

「それとこれとは別だろ。そっちこそどうなんだよ」

「わかったに決まってんだろ。硬筆初段、珠算二級をなめんな」

「意味わかんね」

「七十パーセント、これで決まりだな」

　三坂が汚らしい長髪の横にメロイックサインを出したのが、嵯峨島のパソコンのディスプレイに映し出される。インターネット電話にはビデオ通話の機能がある。顔を見ながらの通話はなんとなく気恥ずかしいので普段は切っているのだが、今日は物を見せながら話す必要性が生じるかもしれないので、オンにしてあった。

　昨晩遅く、嵯峨島が一連の動画にひととおり目を通したのを見計らうように、三坂から電話があった。

「どうだ、こいつの挑戦を受けてみないか？　正解したところで百万円もらえるわけではないし、だいたい答の応募先もわからないわけだ。しかしとびきりの推理をネットで公開したら、こいつすげーと神認定されるぞ。伝説として語り継がれるかも」

　大学に出ていっても講義中に読書をするだけなので、嵯峨島は三坂の提案に乗ることにし、互いに丸一日考え、推理を披露しあおうとなった。そして互いの推理を摺り合わせ、最高のものをネットで発表する。

「七十パーセントって、ほぼ正解の自信があるってことじゃん。マジかよ」

「マジ」

「どういうトリックなんだ？　いや、ちょっと待って。もう少し考えさせて。明日まで延ばして。長すぎ？　じゃああと二時間。一時間でも」

嵯峨島はウェブカムに向かって手を拝み合わせる。月に一冊も本を読まない人間に負けるのは我慢がならなかった。

「残念ながら、時間切れ」

「三十分」

「もう遅いんだよ。遅すぎる。実はさ、俺がわかったっていうのは、カンニングしたからで」

「え？」

「某巨大掲示板を覗いたら、ある推理が書き込まれていて、それがもう完璧すぎて、ほかの推理を考えるのがバカらしくなった」

三坂はばつが悪そうに前髪で顔の半分を隠す。

「ふざけんな。他人の意見に引きずられるとよくないから、ネットを見る時には気をつけろと注意してきたのは誰だよ」

「わりぃ。つい目に入っちまって」

嵯峨島はウェブカムに向かって中指を立てる。

「しっかし、世の中、広いよな。俺がその推理を見たの、午前二時くらいだぜ。動画がアップされて五時間で、もう決定打が出てる。才能はどこに隠れているかわからないもんだな。ネットを有効利用すれば、何につけても頭脳を結集できると思ったよ」

「二時？　なんでその時点でメールをよこさないんだよ」

その後の二十時間は何だったのかと、嵯峨島はますます不愉快になる。

「考える楽しみを奪っては悪いと思ってさ」

「物は言いようだな」

「苦労に報いるために、判定してやるよ」

「何だよ、判定って」

「いいからいいから。嵯峨島の推理を披露してみな」

「いいよ、どうせはずれてるんだし」

「いや、ひょっとすると」

「心にもないことを」

ふんと鼻を鳴らす嵯峨島だったが、苦労して考え出したことは披露したくなるという、人間としては自然な気持ちにはあらがえなかった。

「死亡推定時刻が午前二時前後。死体発見が午前九時過ぎ。両者の間には七時間の差がある。この空白の七時間が臭う」

と話しはじめる。

「午前二時前後に殺されたというのは、あくまでも推定だよね。その時刻に、死体となった出井賢一を確認した者はいないのだから。一方、九時過ぎに彼が死んでいたというのは、これはまぎれもない事実。救急隊員が死体を見、さわり、確かめている。したがって、九時過ぎに死んでいたという事実は絶対だけど、それより前に死んでいたというのは不確定なんだよ。シュレーディンガーの猫っぽいよね。極端な話、八時五十分にはまだ生きていたのかもしれない。そして八時五十五分に殺されたのかもしれない。

ということは、午前一時三十二分に名古屋にいた犯人が、その後東京に向かい、早朝、出井を殺したという可能性も考えなければならないんじゃないかな。

そうした場合、クリアしなければならない問題が二点ある。一つは、一時半頃四〇二号室で発生した大音響。これは犯人と被害者が揉み合った際に本棚が倒れて発生したと解釈されているけど、実際の殺害が早朝であるのなら、一時半の音は何だったのだろう？

ここで一つの矛盾に気づいた。出井賢一は睡眠薬を服まされていたんだよね。それは殺害を容易にするためであると、実行犯である〈ａＸｅ〉も認めている。でも、だとすると、一時半の大音響は何なんだ？　犯人と被害者の格闘によって発生したと解釈されているけど、出井は薬の作用により無抵抗で殺されてくれるのだから、争いなんて発生しないんじゃないの？　けれど大音響がしたのは事実なのだから、その理由をほかに探さなければならない。

この謎解きは難しくない。事件発生時間を誤認させるための犯人によるトリックだ。一時半には大きな音が鳴り響いただけで、出井には危害が加えられていない。犯人は、ある時間が来たら本棚が倒れるような仕掛けをあらかじめ施しておいたのだ。時系列に沿って説明しよう。

仕掛けは日付が変わる前、七日の夜に行なわれた。まず出井賢一に一服盛って眠らせる。これで自由に行動できる。次に、本棚を倒れない程度に斜めに傾けておく。底面の一コーナーに厚い本をかませておくのがいいだろう。そして出井が持っている部屋のキーを盗んで玄関を施錠、名古屋に向かう。往路は新幹線かな。

名古屋に着くと、用意しておいた車で千種警察署に向かう。車内で、〈ザンギャ君〉、〈044APD〉両名とAVチャットを行ない、警察にわざと捕まる。この前後に、はるか三百数十キロ東にある番衆町ハウス四〇二号室に置いてきたロボットをスマートフォンで遠隔操作、本棚を倒させる。本棚は不安定な状態にしてきたので、少しの力を加えるだけで横倒しになる。マンションの住人が聞いた大音響はこれだ。この時、出井賢一は睡眠薬で深い眠りにあるため、本棚が倒れても下の住人が訪ねてきても気づかない。

一方、名古屋で捕まった当人はというと、千種警察署員のねちねちした職質から解放され、チャットも締めると、東京に急ぎ戻る。新幹線は動いていないので、車を飛ばす。早朝番衆町ハウスに到着すると、先の鍵で玄関を開けて四〇二号室に入り、依然として眠っている出井を殺害した。事後は玄関から退室、出井の鍵で施錠、番衆町ハウスから離れたところでロボットを遠隔操作してドアガードをかけ、これで密室の完成」

「いいよいいよ」

三坂が両手の親指を突き出す。

「けど、二点目の問題がクリアできているとはいえない。

出井賢一の死亡推定時刻は午前二時前後。マンションの住人は揃って、その頃に四〇二号室で大音響がしたと証言している。本棚のトリックが成功した形だ。けど、死亡推定時刻というのは、住民の証言によって決められるのではない。それは参考程度で、一番考慮されるのは検屍の結果だ。医学の心得のある者が死体を見たりさわったりした結果、この男は午前二時前後に死んだと言ったんだよ。でも実際に殺したのは明け方。専門家に数時間もの間違いを犯させることが、はたして可能なのか？

　警察は事故ですませようとしているというから、司法解剖はしていないのだろう。昨今、人手や設備が足りないことを理由に解剖が省略されるケースが多いとも聞くし。解剖をしなければ胃の内容物は調べられず、死亡推定時刻の正確性に疑問を差し挟む余地が残る。死体を温めたり冷やしたりすることで死後の経過時間をごまかすという定番のトリックが通用するかも――。

　いや、通用しないでしょう。死後何日も経過しているのならともかく、半日も経っていないんだよ。そんな新しい死体の死後の経過時間について数時間も見誤るなんて、監察医がひどい二日酔いで体温計の目盛りも読めないような状態でないかぎりありえないよ。つまり、出井が早朝殺されたとするのはかなり無理があると思う」

　嵯峨島は溜め息まじりにかぶりを振る。しかし三坂がとんちんかんなことを口にした。

「ファイナルアンサー？」

「違うよ。今の推理はどうもはずれっぽいと――ぁあん？」

　三坂はいつの間にかジェイソンのマスクを着用していた。いや、マスクというにはあまりにお粗末な、ボール紙で手作りしたお面である。

「前から一度やってみたかったんだ。誤解すんなよ。人は殺したくないぞ、猫も殺したくない。この恰好で『ファイナルアンサー？』ってやつを、な。ファイナルアンサー？」

三坂はカッターナイフを斜めに振りおろす。手斧の代用なのか。嵯峨島があきれて黙っていると、三坂はみたび、

「ファイナルアンサー？」

とカッターナイフの刃先をカメラに突きつけた。

「わかったよ、ファイナルアンサー。で、『残念』と言いたいんだろ」

「おめでとう！」

「え？　今ので正解？」

「堂々の第四位です」

「四位？」

「ネット民の支持率第四位」

「はあ？」

「今回の『視聴者への挑戦』についてまとめたサイトがあって、そこには誰もが自由に自分の推理を書き込め、なおかつどの推理が当たっていると思うかという投票も行

なわれている」

「仕事、速すぎだろ」

「で、深夜の大音響はロボットを使った偽装で、実際の殺人は名古屋から戻ってきた早朝に行なわれた——これが四番目に高い支持を集めている。エントリーされてる推理は百近くあって、そのうちのナンバーフォーだぜ」

「そう……」

真相は一つしかないのだから、四番も百番も同じではないかと嵯峨島は思う。

「そういやおまえ、『いくつか考えた』とさっき言ったよな？」

「うん」

「ほかにも推理があるんだ」

「『いくつ』を具体的な数字で表わすと二つなんだけど」

「もう一つも披露しろよ。あと百個あるのなら、さすがにつきあいきれないが」

「うーん、こっちは荒唐無稽だからなあ」

「それ、当たってるかも。なぜなら、支持率第一位もかなり荒唐無稽だから」

「そうなの？」

「だから話してみろよ。話せばわかる」

「じゃあ、恥ずかしながら」

嵯峨島は居住まいを正し、第二の推理を開陳する。

「この推理は個人的な不満が出発点なんだけど、動画投稿サイトの再生画面って決して大きくないよね。パソコンのディスプレイ全体を使っているのではなく、その中に小さなウインドウとして存在している。一連の動画は、その小さなウインドウの中に、さらに小さなAVチャットのウインドウが最大五つ開いている様子をキャプチャーしたものだから、チャットのウインドウ内の細かな動きはとてもわからない。ジェイソンマスクとベイダーマスクの違いはわかるけど、薄桃色の塊を齧られたところで、それが蒲鉾（かまぼこ）なのかアイスバーなのかういろうなのか区別がつかない。フルスクリーンにして見ることはできるけど、そうすると画質が粗くなり、どっちにしてもディテールはわからない。

三番目の動画で、〈aXe〉が車を運転しながらチャットするよね。で、ウェブカムを車外に向けて、建物の屋上の看板を見ろ、信号機の表示を見ろと言うわけだけど、屋上の看板らしき四角い物体はなんとなく見えても、そこに書かれている文字はまったく読み取れない。文字が書かれていることすらわからない。信号機もまたしかり。それで思ったんだよ。ここって本当に千種警察署なのか？〈新宿警察署〉と書かれててもわからないぞ。

そう、〈ａＸｅ〉が名古屋にいたというのは嘘ではないのか。東京にいたにもかかわらず、名古屋にいたふりをした。交通違反で捕まったのも東京の某警察署前。東京にいたのだとしたら、チャットを終えたあと番衆町ハウスに急行し殺害を実行すれば、その時刻は二時過ぎとなり、死亡推定時刻と完全に一致する。しかしこの説を成立させるには障害が多い。問題点をピックアップしてみる。
①殺害の実行が二時過ぎだとしたら、一時半頃の大音響は何なのか？　これはさっきの推理、早朝殺害説と同様、ロボットに本棚を倒させることでクリアできる。チャットのかたわら、スマートフォンで操った。
②交通反則告知書は千種署に所属する警察官によって切られ、反則場所として名古屋の地名が記されている。しかしこれは告知書の現物ではなく写真に撮られたものなので、画像編集ソフトにより改竄はいくらでも可能。東京でもらった切符の反則場所や発行した警察官に関する部分を、名古屋を表わす文字列に書き換えればよい。
③そこが名古屋であるという第三者の複数証言がある。〈ザンギャ君〉と〈０４４ＡＰＤ〉がチャットの中で、千種警察署の看板と信号機の表示を読んでいるんだよ。俺が確認できなかったものをどうして彼らが読み取れたのかというと、彼らはもっと

大きくて鮮明な映像を見ていたからだ。ネットにアップされていて俺たちが見た動画は、彼らのパソコンの画面を縮小したものだけど、彼らはそれを元のサイズで見ている。

これを覆すのは困難をきわめる。まず考えたのが、〈千種警察署〉、〈千種警察署南〉と似通った文字列を誤読させたのではないかということ。調べてみたところ、東京に千住警察署というのがあった。写真を見ると、両警察署の建物は、色はちょっと違うのだけど、形といい規模といい、かなり似ている。夜間のビデオ映像なら、十分同じに見せられる。けど、千住警察署の屋上に看板はないんだよ。〈千住警察署南〉という信号もない。警察署の前も、千種警察署のほうは中央分離帯がある大通りだけど、千住警察署のほうはそこまで広くない。

南千住警察署というのもある。けどこっちも屋上に看板はない。〈南千住警察署前〉という、似てなくもない表示のある信号機が立っているけれど、その通りはというと、片側一車線で中央分離帯はない。ほかに誤読が発生するような警察署は、東京にはなかった。

じゃあこういうのはどうだろう。〈千隈葬祭舎〉という民間の施設を千種警察署の建物と思い込ませた。夜間のビデオ映像なら、不可能ではないと思う。けど、その近くにある信号機の表示が〈千限葬祭舎南〉となっていることはまずないよ。著名な企業でないかぎり、公共の表示には使われないでしょう。それに、警察署の前だから故意に捕まるよう行動できたんだよ。民間の施設の前に警察官は立っていない。以上を考えると、東京の某所を名古屋の千種警察署周辺に見せかけることはほとんど無理」

嵯峨島は降参するように肩口で両手を挙げる。

「ネットをうろうろしているとしばしば、俺なんかとうてい及びもつかない知識や奇智や行動力を持った人間にめぐりあう。そういう出会いがネットの魅力でもあるわな」

三坂が唐突に言った。

「〈3 of 9（五月八日）〉の映像を検証したやつがいる。看板の文字を読み取ろうとコントラストや彩度をいじったやつは何百人何千人といるだろう。俺もやってみた。でも文字は洗い出せなかった。普通はそこであきらめるわけだ。しかしその偉人はまったく別方向からのアプローチを考えた。千種警察署の周りをビデオを回しながら車で走ったんだ、〈aXe〉と同じように。そして窓の外の風景、ならびに走行時間を比較検証した。その結果、〈3 of 9（五月八日）〉の映像は名古屋の千種警察署周辺のものと断定できるとなった。畏れ入るね」

「すごいね。とどめを刺された」

「そう言うわりには、消沈しているようには見えないが。さっきおまえは、『東京の某所を名古屋の千種警察署周辺に見せかけることはほとんど無理』と言ったよな」

「うん」

「『絶対』でなく『ほとんど』ということは、見せかけられる余地が一パーセントはあると考えているわけだよな？」

「せいぜい〇・一パーセントだよ。いや、その十分の一」

「今の情報——動画の検証により、撮影場所が名古屋であると確定した——を聞いても、まだ余地は〇・〇一パーセント残っている？」

「うん」

「詳しく」

「笑うなよ」

そう釘を刺す嵯峨島のほうが笑ってしまう。

「千種警察署に似た場所が東京にないのなら、千種警察署に似た場所を東京に作ってしまえばいい。ほら、笑った」

「笑ってないよ」

ジェイソンのお面をかぶっているので、真偽のほどはさだかではない。

「千種警察署とその周辺の街路と建物を、一分の一スケールで東京に作り、そこを車で周回する。建物の形、街路樹の種類、電柱の間隔、看板の文字――すべてが実物のコピーなので、実際に千種警察署の周りを走って例の動画と比較検証しても、車窓の眺め、交差点から交差点までの距離は一致し、同じ場所であると判断される。

同じものを作るといっても、車の窓から見せるだけだから、本物の建物や道路である必要はない。ほとんど張りぼてや書き割りで事足りる。とすると、警察官もフェイクだ。売れない役者でも雇って演じさせた。青切符はパソコンで偽造。

とまあ、そうすれば東京にいながらにして名古屋での存在証明を作れるわけだけど、あまりに現実離れしすぎているよね」

嵯峨島はあらためて笑う。

「こいつら密室殺人ゲーマーに常識の物差しは通用しないぜ。思いついたトリックを試してみたいから人を殺しちゃおうという出発点からして非常識なのだし」

「それは言えてるけど」

「去年捕まった模倣犯グループは、トラックの上に張りぼての大仏を作り、一夜にして消してみせたぞ」

「街の一ブロックを作るのとではスケールがかなり違うけど。それに、犯人がどれだけ非常識でも、克服できない問題がある。そんな架空の街を東京のどこに作るの？そんな広大な更地、浄水場の跡に高層ビルが建つまでの西新宿か、テレビ局が移ってくるまでの台場（だいば）か汐留（しおどめ）しか思い浮かばない。多摩の奥の方に行けば放置された農地が見つかるだろうけど、そこから三十分かそこらで新宿までやってくることはできない。

荒唐無稽ついでに言うなら、実は都会の真ん中に巨大な空き地が人知れず存在している。都市型洪水対策として地下に造られた調整池だ。大雨の時に河川の水をここに逃がす。逆に言えば、雨が降っていなければここに水はなく、人の出入りもないので、千種警察署のセットを組むことも可能だ。調整池に入るための鍵が手に入ればの話だけどね」

嵯峨島は首をすくめる。

「もし、潤沢な資金と、場所を確保するだけの権力、そして常識にとらわれない行動力を有しているのなら、東京に名古屋を作るというトリックもありということなんだな？」

「奇蹟的な融合が起きればね。〇・〇一パーセントでも高く見積もりすぎかも」

「ファイナルアンサー？」

お面の三坂がカッターナイフを突きつける。

「またかい」

「ファイナルアンサー？」

「じゃ、ファイナルアンサーということで」

「おめでとう。ランクが二つ上がりました。第二位です」

「え？　このトリック、すでに出回ってるの？」

「うん」

「しかも支持率が二番目？」

「そう。おめでとう。さすが年間二百冊」

「こんな馬鹿馬鹿しいトリックを考えるのは自分だけかと思ってた」

「人間の思考なんて似たり寄ったりなんだよ」

「それにしても二位とは。実際に使われたであろう可能性からいくと、さっきの早朝殺害のほうがずっと上でしょう」

「信憑性でジャッジされているというより、人気投票に近いから。派手なトリックがもてはやされるのは、日常から逃げ出したいという思いの表われだろう。病んでるよな、みんな」

「じゃあ一位のトリックはどれだけ派手なんだ」

「華やかさからいうと、千種警察署を作るほうが上だな。けど信憑性はこっちのほうが上。隙のなさが高い支持を集めている理由だと思う。七十パーセントの支持だからね」

「七十パーセントという数字の出所はここだったのか。圧倒的じゃん。一位が七割を持っていってたら、二位なんて問題外」

「ぶっちゃけ、そうだな。二位の支持率は十パーセント」

「じゃあその圧倒的な推理というものを教えてくれ」

嵯峨島は降伏するように両手を掲げる。

「言っちゃっていいの？」

「いいよ。格が違いすぎるようなので、対抗する気も失せた」

「潔(いさぎよ)くてよろしい」

三坂は口元に手を持っていき、ひとつ咳払いをくれてから、

「今回の問題には一つのテーマがある。密室、アリバイ、特殊な兇器、暗号といった

トリックの種類ではない。『遠隔操作』という技術だ」

「ん？　もう一度言って」

「今回の問題には一つのテーマがある。密室、アリバイ、特殊な兇器、暗号といったトリックの種類ではない。『遠隔操作』という技術だ」

「それって、まんま〈０４４ＡＰＤ〉の発言じゃん」

「よくわかったな」

嵯峨島は一連の動画を二十回以上視聴し、十回目からはメモも取っているのだ。

「〈今回の問題には一つのテーマがある。密室、アリバイ、特殊な兇器、暗号といったトリックの種類ではない。『遠隔操作』という技術だ〉――そう言ったあと〈０４４ＡＰＤ〉は遠隔操作による密室トリックをあばくわけだが、彼はここで、密室が遠隔操作によって作られたことのみを言いたかったのではない。〈今回の問題には一つのテーマがある〉――今回の問題全体を『遠隔操作』というテーマが貫いていると言っているのだ。撮影も密室もアリバイも殺害も、何から何まで遠隔操作がからんでいると」

「遠隔操作による偽アリバイ作りは俺も推理したじゃん」

「ロボットを使って本棚を倒させるやつだな。しかし遠隔操作で兇行発生を偽装したところで検屍されたのでは意味をなさないし、薬で眠っている被害者が抵抗したという矛盾も生じてしまうと、推理したおまえ自身が否定的だった」

「まあそれは」

「それにおまえは、殺害の遠隔操作にはまったく言及していない」

「え？　遠隔操作で殺した？」

「そう」

「どうやって？　それもロボット？　ロボットに殴らせた？　さすがにそれは無理だ。相手は熟睡してて無防備なので、ロボットをもたもた操作しても、後頭部を殴りつけることは可能だ。けど、絶命させられるほどパワーはないでしょう」

「それに、ロボットが殴り殺したのなら、ロボットに被害者の血液や毛髪が附着する」

「ああそうだ。やる気のない警察もそれは見逃さないだろう。じゃあ何を遠隔操作するの？」

「核心の質問にズバリ答える前に、動画の中では誰も指摘していない矛盾点を挙げてみよう。二つあるのだが、一つはすでに、今この場で名探偵が指摘した」

「今？　名探偵？」

「嵯峨島行生」

「ああ……。俺が何を？」

冷やかされているのだが、悪い気もしない。

「薬で眠らされていた出井賢一は犯人に対して無抵抗だったはずだから、一時半の大音響は、二人が争ったことで発生したのではない」

「ああ、それね」

「もう一つは、畳」

「畳？」

「被害者は畳の上に倒れていた。フローリングに敷く一畳サイズのユニット畳の上に」

「それが？」

「畳の周りには本が散乱し、画面の端には倒れた本棚が写っている」

「19番の写真だね」

「本は畳の周りだけでなく、畳の下にもあるようだ。これは〈2 of 9（五月十三日）〉において〈伴道全教授〉も指摘している」

「うん」

「素直に納得しちゃいかんだろう、名探偵ともあろうものが」

「二度言うと、お世辞でなく嫌味だ」

「畳の下に本があることに疑問を感じないのか？　本を大切にと言ってるんじゃないぞ。床との間に本が入り込んでいたら、畳は斜めになり、坐るにしても寝そべるにしても不安定で気持ち悪い。これが宅配ピザのメニューなら、敷きっぱなしということもあるが、厚みのある本でそれはないだろう、どんなに無精な男でも。しかしこの写真では、畳と床の間に本が入り込んでいる」

「言われてみれば、たしかに変だ」

「では、いったいどういう出来事により、このような状態が生まれるのだろう。犯人と被害者がもみ合って本棚が倒れた場合には、本は畳の上に散らばるが、畳の下に入り込むことはない」

「その観点からも、被害者が犯人に抵抗したという見方は否定できるね」

「犯行時刻の偽装のためにロボットに本棚を倒させたとしても、畳の下には入り込まない」

「そうだね」

「畳の下に本があるためには、畳より先に本が床に置かれていなければならない。しかし本が床にあったなら、その上に畳を敷こうとはしない。まず本をのけ、それから畳を敷く。そうしなかったのは、本の上に畳を敷くことに意味があったからにほかならない」

どういう意味か考えてみろというように三坂はしばらく言葉を止めたが、嵯峨島は何も思い浮かばず、三坂が話を再開した。

「畳と床の間に厚さ三センチの本が一冊あれば、畳は三センチ浮く。本が二冊あれば六センチ浮く。十冊積んであれば三十センチ、五十冊積めば百五十センチ。一メートル半もあると、浮くというより、本の山に立てかけてある感じになるな。百五十センチ浮かせたいのなら、百五十センチの山を複数作り、その上に畳を載せるといい。畳の四隅に山が来るようにすると安定性が高い」

「あ？」

何かを予感し、嵯峨島は鳥肌が立った。

「さらに四つの山を高くし、その上に載せた畳に寝転がれば、南国リゾートでのハンモック気分だ。しかしあまり高くしすぎると、起きあがった際に天井に頭をぶつけてしまうので、注意注意」

「本の柱で天井近くまであげた畳の上に出井を寝かせたのか⁉」

「そう。薬で眠らせ、脚立を使って」

「それから起こして頭を？　どうやって起こす、どうやって頭を……」

急のことで、嵯峨島は考えがまとめられない。

「出井はＢｌｕｅｔｏｏｔｈヘッドセットをしていた。それは何に接続していたと考えられる？」

「あ？　ええと、パソコン？」

「ここまで言ってもピンとこないか。じゃ、順を追って説明するから、よく聞いておけ。

本棚から本を抜いて柱を四本作り、その上に畳を載せる。余った本は適当に床に散らす。空になった本棚はそっと倒しておく。眠らせた出井の耳にヘッドセットをはめ、櫓の上に寝かせたら、名古屋に移動する。そして出井の携帯電話にかける。〈ａＸｅ〉は警察にわざと捕まるために車の中で携帯電話を使ったよな。あの時にかけたのだろう。

所変わって東京の番衆町ハウス四〇二号室。携帯電話に着信があり、ヘッドセットに着信音が流れる。犯人によって呼び出し音の音量が最大にされていたため、出井は驚いて飛び起き、頭を天井に打ちつける。後頭部をぶつけやすくするよう、うつぶせで寝かせておいたとも考えられる。出井が激しく動いたことで本による柱がバランスを失い、櫓は崩壊、本は床に散乱し、その上に畳と出井が落ちる。マンションの住人が聞いた大音響は、この時のもの。犯行時刻を見誤らせようとして音を発生させたのではなく、音がしたまさにその時、殺害が実行されたのだよ。電話による遠隔操作で」

三坂がカッターナイフを剣のように掲げて見得を切る。まるで自分の推理を披露しているような調子だ。嵯峨島は机に肘を突き、額に手を当てる。

「納得いかないのなら、納得させてやるぞ」

「ええと、まず、出井は睡眠薬の作用で眠っていたんだよね。ケータイの呼び出しで目覚めるの？」

「睡眠薬の種類は様々だ。効き目の長いもの、短いもの。出井に盛った眠剤は超短時間作用型だったと〈ａＸｅ〉が説明している。超短時間作用型というのは、服用してから成分の血中濃度が最高値になるまでの時間が短く、作用している時間も短い。個人差はあるが、四時間程度しか作用しない」

「ええと、じゃあ、兇器は天井ということになるよね？」

「『現場に兇器が見当たらないことそれ自体が推理の要件であるからです』――これ

も〈aXe〉がご丁寧にヒントをくれている」

「それはいいんだけど――」

「警察の現場検証で発覚しなかったのはなぜか？」

「うん」

「目視して天井に血痕が認められれば、当然詳しく調べる。しかし四〇二号室の天井は黒いため、血痕その他の汚れが目立たない。見た目何ともないところまで最初から科学的に捜査するようなことはないよ。床ならまだしも、天井は」

「ええと、じゃあ、うん、これが一番引っかかるんだけど、頭をぶつけても死ぬとはかぎらないじゃん。むしろ打撲ですむ場合のほうが多いんじゃないの。殺人の手段として不確実すぎる」

するとニ坂は、まさにそのとおりと手を打って、

「この遠隔殺人には、失敗するポイントがいくつもある。

携帯電話で起こす前に目覚め、櫓から降りてしまう。あるいは、寝相が悪かったり櫓が崩れてしまったりして床に落下してしまう。

携帯電話の着信音に気づかず眠り続ける。

着信音で目覚めたものの、とくに驚くことなく、起きあがらない。もしくは緩慢に

上体を起こし、天井には軽く頭をぶつけて瘤を作っただけに終わる。

天井には強く頭をぶつけたが、額からだったため致命傷とはならなかった。

後頭部をぶつけて意識不明に陥るが、息があるうちに救急隊員が到着する。

死体で発見されるが、天井に大量の毛髪がぶら下がるように附着していたため、警察が早々に真相を看破してしまう」

「うわー、思ったよりずっと穴がある。欠陥トリックと言っていい。そんな不確実な方法で殺そうとする？」

「ん？」

「こんなトリックは絶対に使わないね。口封じのために殺すのなら」

「通常の殺人においては——人を殺すという異常な行為に通常もないものだが——動機が何であれ、失敗は許されない。Aさんを殺したいのに殺しそこなったからといって、じゃあ代わりにBさんを殺そうとはならない。けれどここで行なわれているのはゲームなんだよ。Aさんを殺しそこねたら、Bさんで代用していいんだ。CさんでもDさんでも。何度でもやり直しがきく。あるトリックを使った殺人がうまくいかなかったら、やり直すか、あるいはそのトリック自体を捨ててしまえばいい。そして成功した場合だけ、問題としてみなに披露すればいいんだ。これは俺の意見じゃない。ゲームをしている本人がそう言っている」

「え？」

「動画の冒頭、〈aXe〉がアクション映画の主人公論を語る。

『主人公だから無敵なのではありません。あまたの危機を乗り越えて生き残った勝者だからこそ、主人公として描かれているのです』

翻訳すると、次のようになる。

『うまくいったトリックだからこそ、問題として日の目を見た』

出井の遠隔殺人に失敗したら、出題を取りやめ、あらためて彼に遠隔殺人のトリックを仕掛けるか、あるいは別のターゲットを探すか、思いきってこのトリックは捨て、別のトリックを考え出すかすればいい。

実際、〈aXe〉は過去にトリックが機能せず殺人に失敗し、問題として発表することを断念している。除夜の鐘を利用したトリックだ。しかし今回の遠隔殺人は成功したので発表した。成功率が高い低いは関係ない。必要なのは、成功したという結果だけなのだ。

〈aXe〉曰く、『歴史とは勝者の記録なのですよ』。翻訳すれば、『密室殺人ゲームとは、成功したトリックの発表の場である』」

わが言葉のように、三坂は両方の拳を握りしめて力説する。

「これが七十パーセントの支持なんだ。でも、正解かどうかはわからないんだよね」

嵯峨島がネガティブに言うのは、トリックそのものに納得できないからではなく、そのトリックに自力で到達できなかったからだ。

「近いうちにわかる」

三坂は即座に応じた。どうしてと嵯峨島が問うと、

「犯人が逮捕されるから」

「〈ａＸｅ〉が？」

「あんな動画をアップして、捜査の手が伸びないわけがない。警察にしてみれば辱めを受けたも同然だ。威信をかけて犯人を捜す。ほかのメンバーも一網打尽にされるだろう」

「だったら、今のうちに正解発表の動画を撮って、ネットにアップしてほしいよな」

嵯峨島は小さく舌を出す。

「それより俺は初公判に期待したい。冒頭、検察側が起訴状を読みあげ、裁判長が罪状認否を行なう。起訴事実を認めるかと尋ねられ、〈ａＸｅ〉を名乗っていた者はこう答えるのだ」

三坂はいったん言葉を切り、カッターナイフをカメラに突きつけて言った。

「『正解！・』」

♠

二〇〇八年五月二十日夜、警視庁は、東京都新宿区新宿五丁目番衆町ハウス四〇二号室において同月八日に発生したフリーライター出井賢一殺害ならびに死体遺棄の容疑で、同区大久保二丁目の無職、東堂竜生、二十八歳を指名手配した。

五月十七日夜、警視庁の通信司令センターや全国の警察署に、インターネットの動画共有サービスサイト〈ブロキャス24〉に犯罪に関係すると思われる動画が投稿されているとの通報が複数寄せられた。指摘の動画は九つあり、その中では、出井賢一という男性の殺害について語られていた。

出井賢一は実在の人物で、十日ほど前に変死体で発見されていた。動画の中には、出井を殺した犯人と称する人物がおり、どのように殺したのか当ててみろと、仲間のような者たちと推理ゲームを行なっていた。そして最後には、動画を視聴している不特定多数を煽るような発言もなされていた。

投稿者名〈頭狂aXe道全044君〉による一連の動画は、現実の出来事に材を取った悪質な冗談にも見えた。しかし語られていることには公表されていない事実が多数含まれており、中には、実際に現場に立ち入った者にしか知り得ない事柄もあった。画像共有サービス〈ピクトール〉に〈小早川譲二〉の名前でアップロードされていた写真も、関係者でなければ撮影できないものばかりだった。

警視庁捜査第一課が生活安全部ハイテク犯罪対策総合センターと連携して動画の出所を調べたところ、いずれも新宿区歌舞伎町のインターネットカフェからアップロードされたものだとわかった。六十台設置されているパソコンのどの端末が使われたのかも、それを利用したのが誰であるのかも、併せて判明した。そのネットカフェは会員制を敷いており、当局の指導により、利用に際しては身分証の提示を義務づけていた。

特定された人物、東堂竜生の運転免許証に記載されていた大久保二丁目のアパートを捜査員が訪ねたところ、チャイムへの応答はなく、大家に要請して玄関ドアを開けた。2Kの室内は無人で、流しや洗面台は乾き、冷蔵庫に生鮮食料品はなかった。ポストに溜まっていた郵便物や投げ込みちらしから判断して、東堂は十七日の午後出かけたきり戻ってきていないと思われた。部屋には光回線が通じ、ブロードバンドルーターが置かれていたが、パソコンは、デスクトップもノートも見当たらなかった。

大家によると、契約時、東堂竜生は会社員ということだった。契約書には勤務先として新宿区内の不動産仲介会社が記されていた。警察が照会したところ、東堂は確かにそこに勤務していた。ただしそれは三か月前までのことで、彼はそこを二月二十八日付で退職していた。形式上は一身上の都合だが、実際は職務怠慢による解雇だった。無断欠勤、無断外出、パソコンの私的使用が目にあまったという。

退職後については、不動産業者は把握していなかった。個人的に東堂と親しくしていた社員もいなかった。福井県敦賀市在住の両親からも有益な情報は得られなかった。十七日以降実家に顔を出したり電話やメールで連絡したりもしていなかった。

東堂竜生は地元の高校を卒業後、大阪の私立大学で経済学を学び、関西圏有数の外食チェーンに就職、そこを二年足らずで辞めて上京、衣料品販売会社に勤めるが、ここも一年で退職、以降も職に就いては辞めを繰り返し、新宿の不動産屋も八か月しか続かなかった。敦賀の小中高校の同級生、大阪の大学の同窓生、転々とした勤め先の同僚――東堂は誰とも音信不通状態で、十七日以降連絡を受け取った者はいなかった。

東堂の足取りは杳として摑めなかったが、別方面の捜査で大きな進展があった。番衆町ハウス四〇二号室から東堂の指紋が採取されたのだ。出井賢一の死後も、部屋は引き払われずに残されていた。彼が買い集めた物品の量が尋常でなかったため、遺族は処分に困り、とりあえず家賃を納めて部屋をそのままにしておいたのである。警察にとっては僥倖だった。ドアのノブ、壁、電灯のスイッチ、本棚の側板——東堂の指紋は部屋のあちこちから採取された。ユニット畳や書籍数十冊からも。

キャビネットの陰にあったロボットからも指紋が出た。高さ八十センチほど、金属の骨格剝き出しの建設機械のような形状をしたハイテク玩具で、Ｗｉ－Ｆｉ機能が搭載されているため、専用のリモコンだけでなく、一般のパソコンからネットワーク経由で操作することができた。脚部の車輪には無限軌道が装着されており、玄関と廊下の段差五センチを乗り越えられることが警察により確認された。アームを操作することでドアガードをかけられることも。

東堂が三か月前に退職した不動産業者の取扱物件の中に番衆町ハウスがあることもわかった。現場や被害者についての詳しい情報を得られる立場に彼はあったのである。

また、東堂のアパートから、交通反則告知書、通称青切符が発見された。反則者の氏名の欄には〈東堂竜生〉と記され、反則日時は〈平成20年5月8日午前1時32分ごろ〉、反則場所は〈愛知県名古屋市千種区覚王山通8―6付近路上〉、反則の種類は〈携帯電話使用等（保持）〉となっていた。愛知県警千種警察署によると、八日の深夜、警察署の正門前で、確かに東堂竜生に交通反則を告知していた。彼はマスクをかぶって車を運転しており、玩具の手斧を所持していたという。

東堂の部屋からは、新宿区内のメンタルクリニックの診察券も発見された。初診は本年四月七日で、診察した医師によると、人間関係がうまく築けず将来が不安で眠れないと東堂は訴えたという。それで抗不安薬と睡眠導入剤を処方したのだが、再診には一度も訪れていなかった。このとき処方された睡眠導入剤は、出井賢一の血中から検出された化学成分を含むものであった。

以上が判明した段階で、警視庁は東堂竜生を指名手配した。

社会は騒然となっていた。

過去にも〈密室殺人ゲーム〉の実態映像が世に出たことはあったが、それらは逮捕後警察の不手際による流出であり、犯人たちの側には、自分たちの所行を第三者に見せびらかしてやろうという意思はなかった。しかし今回は、犯人自らが望んで世に送り出していた。

過去の事例はいずれも閉鎖された空間でのゲームであり、犯人グループ数人だけで、ある意味つつましく行なわれていた。対して今回の犯人は観客を求めている。一人二人ではない。インターネットでの公開なのだから、大げさに言えば、全世界の七十億人を相手に披露している。そこには一片の罪悪感もない。

きわめて迅速な指名手配が、それも実名と顔写真を公開してなされたのは、騒然とした社会を鎮めるためであったわけだが、同時に、警察がその身に降りかかった火の粉を振り払うためでもあった。

ろくに捜査もせず、出井賢一の死を事故扱いにしようとしていたことについて、警察は批判にさらされていた。あろうことか、その事実を暴いたのが殺害犯と目されている人物なのだから、警察の立場はまったくなかった。メディアは連日、被害者遺族の憤りを前面に押し出し、捜査の姿勢を糾弾した。出井賢一の件だけではない。すでに事故死として処理されている不審死を全国各地から掘り起こし、わが国の警察組織の現状を糾弾するキャンペーンを張った。

警察庁と各都道府県警は釈明会見に追われ、所轄警察署は再捜査に人手を割かざるをえなくなり、現場は大いに混乱した。

〈頭狂ａＸｅ道全０４４君〉による一連の動画ならびに〈小早川譲二〉による写真は、当局の要請によりブロキャス24とピクトールからいったん削除されたものの、それ以前に自分のパソコンに保存していた一般のインターネットユーザーが再投稿し、それが削除されてもまた別の利用者がアップロードし、さらにはほかの共有サービスにも投稿され、中には海外のアンダーグラウンドサイトもあり、もはや国家権力をもってしても拡散を阻止することは不可能な状況に陥っていた。するとそれがまた恰好の警察批判の材料になった。

指名手配から一週間、東堂竜生の行方は知れなかった。

指名手配から二週間、東堂竜生の行方は依然として知れなかった。

警察へのバッシングも依然として続いていたが、メディアが声高に叫ぶほど、一般市民の興味はもうそちらに向いていなかった。ネット上には一連の動画が残っていたが、閲覧数は横這い状態となっていた。

〈動画堂飯店〉という動画共有サービスに、〈ご存じより〉の名前で六つの動画が投稿されたのは、そんな折、六月四日のことである。

Q2　本当に見えない男

1 of 6（六月三日）

「いやぁ、一躍有名人になってしまいました」

〈aXe〉のウインドウには、例によってジェイソンマスクが大写しになっている。

「死ね」

〈ザンギヤ君〉のウインドウに映るのは、こちらも例によって水槽の中で甲羅干しするカミツキガメである。

「テレビをつけたら、なんと、このワタクシの顔がドーンと映っているではないですか。そっくりさん？　世の中には自分とそっくりな人間が三人はいるそうですからね。いやいや、まぎれもなくワタクシでした。テロップが出ていましたから。東堂竜生括弧二十八括弧閉じ。指名手配？　いやぁ、まいったな、こりゃ」

「黙れ」

「しかしあの写真はないでしょう。ひどい髪型だ。七三とか、ああ恥ずかしい。表情も引きつってる。サンコー不動産の履歴書に貼った写真ですよ、あれは。あんなのが出回ったら誤解されるじゃないですか。イケメンとは言いませんが、十人並みの顔をしてますよ、ワタクシ。言ってくれれば、自前の写真を提供したものを。お気に入りのが一枚あるんですよ、去年幕張メッセで撮ったもので」

「黙れ」

「それか、ジェイソンマスクをつけたやつでお願いしたかった。指名手配写真がマスクマンというのはおそらく史上初ですよ、世界的にも」

「黙れ」

「いやぁ、それにしても一躍時の人ですよ、ワタクシ。知ってます？　五月二十日から二十一日にかけて、〈東堂竜生〉がネットの検索ワードの第一位だったのですよ。今でもベスト二十には入ってるんじゃないですかね」

「そのへんでやめとかないと殺す」

「いやん」

「テメー――」

「殺さないけど怒ってるよ、私も」

〈頭狂人〉のウインドウの中で、ベイダーマスクの人物が左手の親指と人さし指を立て、銃口に見立てた指先をウェブカムのレンズに突きつけた。

「これはこれは」

「公開するとか、ありえない」

「何と申しましょうか、ちょっと自慢したくなりまして」

「あのねぇ」

「断わりは入れたつもりですが」

「聞いてない」

「『最後まで視聴してくださった、おたくの推理はいかに？』と見得を切ったじゃないですか。あれはどう聞いても、ここに集まった四人に向かっての言葉ではないじゃないですか」

「芝居がかっておどけているとしか聞こえない。断わりを入れるというのは、『このチャットの録画をネットにアップする』と明言することでしょう」

「言外に匂わせていると読み解くのが探偵かと」

「ざけんな」

これはもちろん〈ザンギャ君〉。

「ワタクシは有名人になってしまいましたが、おたくたちの正体は割れていないのだから、固いこと言わなくていいじゃないですか。映像上ではみな素顔を隠しており、声もそれぞれエフェクト処理している。家族が見ても、それがうちのマサルちゃんやトシオちゃんだとは気づきませんよ。パソコンも警察の手には渡っていないので、ログを解析しておたくらのもとにたどり着くこともできない」

「アホ。オメーが捕まったらおしまいだろうが。つか、捕まるのは時間の問題だ。指名手配されてんだぞ、東堂竜生、二十八歳、無職」

「交番や銭湯や駅にべたべた手配写真が貼られているのにいっこうに逮捕されない者がどれだけいるかご存じで？　二百人以上いる指名手配犯の過半数が五年以上逃げ続けているのですよ。十年以上も二割。某テロリストとか」

「彗星が地球に突っ込んできても自分だけは生き残ると信じているタイプ」

〈頭狂人〉が首をすくめる。

「仮に逮捕されたとしても、おたくたちのことは喋りませんから、ご安心を」

「なわけねーだろ。強面(こわもて)の刑事に不眠不休で責められ、黙秘を貫けるかってぇの」

と〈ザンギャ君〉。

「拷問されようが刑の軽減をちらつかせられようが、喋りませんよ。喋りたくても喋れませんから」

「はあ？」

「ワタクシ、そもそもおたくたちの素性を知りません。ネットで知り合い、ネットを通じてこうして集まっているだけなのですから。本名も現住所も聞かされていなければ、素顔を見たこともない。おたくたちだって、指名手配の報道を目にしてはじめて、このジェイソンマスクの中の人が誰であるか知ったわけでしょう?」

「オメーがゲロらなくても、身辺を探ればおのずとオレらに行き着くだろうが」

「記憶媒体は適切に廃棄しておきます」

「パソコン周辺だけをクリーンにしとけば証拠が消えると考えるのは素人。警察をなめんな」

「相変わらずの小心者ですね」

「テメー――」

図星を指された〈ザンギャ君〉がいきりたった時だった。

〈問題〉

画面にテキストウインドウが開き、その一単語が表示された。

「だろ、コロンボちゃん。問題ありだよな、こいつの軽率さは」

〈044APD〉は今日も愛想がない。ウインドウに映るのは、人の上半身のようなシルエットで、イエス・ノーさえ喋ろうとせず、キーボードを叩いて意思を伝達してくる。

〈今回の問題〉

「は？」

〈出題して〉

「出題？」

〈密室やアリバイの謎を入れて人を殺し、さあこれを解いてみろと披露する。ここはそういうゲームを行なう場。今回の問題は？　誰の番？　出して〉

「オメーな、今はそれどこじゃねえだろ」

〈問題が出ないのなら、帰る〉

「待てよ、待て。今日はメンバーも揃ってない」

いつもなら五つあるAVチャットのウインドウが、四つしか開いていなかった。

「教授は仕事が修羅場だそうで。きのう不参加のメールをもらいました。自分抜きで進行してもらってかまわないともありました」

と〈aXe〉。

「アホ。逃げたに決まってんだろが」

「逃げる？」

「オメーはとことんアホタレだな。東堂竜生とかかわっていたら自分も捕まってしまうと判断したんだよ」

「すると、今なお東堂竜生とかかわっているおたくは、輪をかけてアホタレなのですね」

「テメ――」

「赤塚に〈パーム・ステージ〉という劇場がある」

そう唐突に言ったのは〈頭狂人〉である。

「おっと、住所は明示しないといけないんだったね。言い出しっぺはこの私。東京都板橋区赤塚新町一丁目、東武鉄道東上本線下赤塚駅と東京地下鉄赤塚駅に挟まれた一角に建つ雑居ビルの一階にある劇場で、その名のとおり、掌のように狭苦しい。席数は六十程度」

「意味不明だぞ、こら」

「問題だよ。今回は私の出題番」

「ちょ……。この状況でやるのかよ」

「教授を待つ必要はないんでしょ」

「やつのことはどうでもいい。オレらは危急存亡の秋にあるんだぞ。オメーも怒ってたじゃねえかよ、このクソボケ斧野郎の暴走に」

「うん、激しくムカついてる。けど、こぼれたミルクに泣いても、コップの中に溜まるのは涙だけ」

〈頭狂人〉はタンブラーを持ちあげて左右に揺する。

「なにカッコつけてんだよ。野郎を吊るしあげてもはじまらないが、善後策を練らなきゃなんねーだろが」

「策ねぇ。何かある？」

「それをこれからみんなで考えるんだよ」

「言い出しっぺは腹案の一つや二つ用意しておくというのが常識的なふるまいでしょう」

「常識を超えてるのがオレ様なんだよ」

「はいはい。まあさ、こういう時はへたに動かないほうがいいと思う。それより、せっかく智慧を絞って殺したのだから、お披露目させてよ」

「こんな状況下で殺したのかよ」

「殺さなきゃ出題できないじゃん」

「にしてもオメー」

「東堂竜生が指名手配される前だもん」

「にしてもオメー、このクソバカが動画をアップして世間の関心が集まってんだぞ。派手な行動は慎むのがフツーだろ」

「常識を超えてるのが私なんだよ」

「テメ――」

「もう殺しちゃったんだから、しょうがないじゃん。それに、問題は鮮度が大切だということをお忘れなく。すぐに出さないと、警察にネタを割られてしまうおそれがある」

〈頭狂人〉はベイダーマスクの後ろで手を組み合わせ、小さく首を振る。

「やりましょう！」

〈ａＸｅ〉が高らかに言った。

〈五月十八日午後六時頃、板橋区赤塚新町の劇場で、女性が首を絞められて倒れているのが発見された――という記事がある〉

〈０４４ＡＰＤ〉が先読みして問題に取りかかる。

「勝手にしろ」

〈ザンギャ君〉がむすっと吐き捨てた。

2 of 6（六月三日）

「とりあえず各自調べてちょうだい、その後質問を受けつけます——と言いたいところだけど、この事件はほとんど報道されてないんだよね。マスメディアの扱いは、さっきコロンボが挙げた程度が第一報で伝えられただけで、続報は、なし。素人役者とはいえ、劇場で本番直前に殺されたというのは、かなりそそると思うんだけど。理由はアクス、あんただよ」

〈頭狂人〉はマスクの顎（あご）を重たそうにしゃくる。

「は？」

「メディアの関心はブロキャス24の動画に一極集中状態だったから。ベタ記事にすらならなかった殺人事件もあるはずだ」

「いやぁ」

「死ね」

〈ザンギャ君〉はどうしても一言言わなければ気がすまないらしい。

「なので今回の事件については、最初から私が詳しく説明するから、よく聞いておくように。いよいよこのあとすぐ！」

〈頭狂人〉は威勢よく声をあげると、ストローの先端をベイダーマスクの顎の下から差し入れ、ちゅうと音を立てた。ストローは通常のものよりかなり長く、途中二か所が蛇腹になって自由に曲げられるようになっており、もう一端は保冷タンブラーの中に沈んでいる。マスクをしたまま給水するための策だ。ストローをマスクの下から引き出し、〈頭狂人〉は本編に入る。

「五月十六日金曜日から十八日日曜日までの三日間、パーム・ステージでは、本能寺ハルカの公演が行なわれていた。劇団ではなく、個人公演、一人芝居というやつだね。『偲ぶ会』というタイトルで、脚本は岸田國士戯曲賞を受賞したことのある何とかさん。十六日が夜、十七と十八が昼と夜の二回公演となっていて、事件は楽日の最終公演の前に起きた。

本能寺ハルカといういかにもな名前は、お察しのとおり芸名。本名は田中厚子、三十六歳。本名が地味すぎるので芸名を使うことにした、というのは私の勝手な想像。彼女は肩書きに〈女優〉をつけられるほどの存在ではなく、バイト生活をしながら趣味で舞台に立っていた。一人芝居を専門としているわけでもなくて、ホームグラウンドは大学時代から所属している〈中野坂上墓の下〉という劇団で、よそで客演することもあった。トム・ヨークだってレディオヘッドを離れてビョークのアルバムでデュエットしたりR．E．M．やベックとステージに立ったり独りで『ジ・イレイザー』を作ったりしてるでしょう。マニアックな譬えですみませんね。ま、本能寺ハルカが一人芝居を行なうにいたった事情は問題を考えるうえではまったく関係ないので端折ります。

事件が発生したのは、昼の部が終わり、軽く食事をとって休憩し、最終公演に向けて準備をはじめた時のことだった。客入れ前だったので、劇場内はがらんとしていた。といっても無人というわけではないよ。一人芝居といっても、路上パフォーマンスではないのだから、公演は一人では行なえない。演出は第三者に頼み、その演出担当が劇場に来ていた。衣装とメイクは本人だけど、美術は人に頼んだ。あと、照明、音響、受付など、本能寺ハルカのほかに都合八人が劇場内にいた。脚本の何とかさんは来ていない。戯曲集から使わせてもらっただけだから。

異変を最初に発見したのは受付を手伝っていた石塚奈央。開場を三十分後に控えた午後六時過ぎ、本能寺ハルカ宛に花が届いたので、それを楽屋に持っていったところ、中で彼女が倒れていた。薄く開いた瞼の間からは白目が覗き、口の周りは唾液で汚れていた。すぐに救急車が呼ばれたが、救急隊員が到着した時にはすでに心肺停止状態で、搬送先の病院で死亡が確認された。死因は頸部圧迫による低酸素脳症。兇器は舞台衣装のスカーフ。石塚によると、発見時、本能寺ハルカのほかに楽屋に人はいなかった。

　生きている被害者を最後に見たのは演出の丹羽弘陽。昼の部の反省を含めて本能寺ハルカと二人きりで楽屋でミーティングを行なったという。丹羽が本能寺ハルカ一人を残して楽屋を出たのが五時ちょうどくらいで、その後、楽屋の内外いずれにおいても彼女を見た者はいない。

　ただし、石塚奈央に発見される直前まで本能寺ハルカは生きていたという証言が複数ある。発声や台詞の練習が聞かれているのだ。石塚奈央も耳にしていた一人で、花屋がやってきた時も聞こえていた憶えがあると言っている。彼女は花を受け取ってすぐに楽屋に持っていっているので、ということは、本能寺ハルカは花屋がやってきたあとのごく短い間に襲われたことになる。

　ところがその一方で、花屋がやってきたあと、石塚奈央が死体を発見するまでの間、楽屋の出入りはなかったという証言もあるんだよ。さあ、そろそろミステリーっぽくなってきましたよ。この謎を正しく理解するには楽屋の位置関係を把握しておく必要があるので、小屋の見取り図をご覧ください。〈ファインスタ〉にアップしてあるから」

「ファインスタ？」

〈ザンギャ君〉が訊き返した。最前「勝手にしろ」と捨て台詞のようなものを吐いたものの、ログアウトせず残っていた。

「静止画像の共有サービス。写真の投稿サイトとも言う」

「なことはわかってる。何考えてんだよ、オメー。この間斧野郎が使ったところじゃねーかよ」

「あれはピクトール、今回はファインスタ」

「サイトを変えたってヤバいだろが。先日来、その手のサイトの監視が強化されていることは、小学生でも察しがつくぞ」

「毎日何千何万と投稿される画像すべてに目を通し、事件性の有無を検証するには、さてどれほどの人員が必要でしょう」

「警察の目を惹くような写真ではないって？」

「死体の写真はあるよ」

「おい」

「白目を剝いた表情や索条痕（さくじょうこん）は見えないし。引いたショットで、寝転がっているとしか見えない。〈ジャック・グリフィン〉という名前でアップしてる」

「ジャック・グリフィン？」

「知らないの？」

「ど忘れだ」

「透明人間」

「はあ？」

「H・G・ウェルズの『透明人間』で透明になる薬を開発した科学者」

「小学生の時に読んだきりだからすっかり忘れてたわ」

〈ハーバード・ジョージ・ウェルズの『透明人間』ではグリフィンとのみ記されている。ジャックというファーストネームは一九三三年にユニバーサル・ピクチャーズにより映画化された際に使われた〉

〈044APD〉のチェックが入った。

「ピンとこなくて当然だ。映画は観てない」

「はいはい」

ファインスタで投稿者名〈ジャック・グリフィン〉で検索すると、四点の画像ファイルが引っかかった。そのうち一つはフリーハンドで描いたパーム・ステージの平面図をキャプチャーしたものだった。

「楽屋の開口部は一つきり」

〈頭狂人〉が説明する。

「見てのとおりドアが一か所にあるきりで、窓も換気口もない。ドアを開けると外は廊下。廊下といってもごく短いもので、出て右手にはすぐまたドアがあり、劇場のエントランスとつながっている。楽屋を出て左手には床まで暗幕が下がっていて、その向こうは下手(しもて)の袖。楽屋に押し入るには、エントランス側からか舞台側からか、二つのルートが考えられる。ところがだ、ここが重要だよ、どちらの側にも人の目があり、その者たちはみな、楽屋の方に行った者も出てきた者もいないと断言しているんだよ。

エントランス側にいたのは石塚奈央ともう一人の受付担当、高梁麻由華(たかはしまゆか)。二人は昼の部が終わったあと劇場を出て喫茶店に行っているが、五時四十分には戻ってきて、夜の部の受付の準備をはじめていた。その後買い出しや用足しでその場を離れることは何度かあったものの、二人のうちどちらかはかならず残っていた。当日精算用の現金を扱っていたからね。そして二人とも、楽屋の方には誰も行っていないし出てきていないと断言している。楽屋に通じるドアは受付のテーブルのすぐ横だから、開いたらかならず目に留まる。

一方、下手の袖にいたのは美術の水尾豪（みずおたけし）。五時半頃から大道具や小道具の補修を行なっていた。作業はステージ上で行なうこともあったが、袖の出入りは目に入る。そして彼も、袖までやってきた者はいたが、楽屋の方には誰も立ち入っていないと証言しているのだ。

誰も楽屋に行っていない。しかし楽屋で人が殺された。不思議だ。実に不可解。どんな魔法が使われたのだろう」

〈頭狂人〉は首をかしげると、聴衆の反応を楽しむように、しばらくそのままの体勢で無言でいた。それからおもむろにストローをつまみ、先端をマスクの中に差し入れる。

「なるほど、だからジャック・グリフィンですか」

〈ａＸｅ〉が言った。

「そう」

「モノケインですね」

「正解」

〈頭狂人〉がストローをくわえたままウェブカムに人さし指を突きつけた。

「何がどう正解なんだよ。わかるように話せ」

〈ザンギャ君〉がいらだつ。

「モノケインを使えば、覗きも盗みも殺しも、し放題」

「はあ？」

「グリフィンが作った物体を透明化する薬」

「そんなものがあるのか？」

「あるわけないでしょう。おたくは小学一年生ですか」

〈aXe〉があきれ、ぅるせー殺すぞと〈ザンギャ君〉。

「ま、そういうことで、残念ながらモノケインを手に入れられなかった私はどうやって人知れず楽屋まで行き、事をなしたでしょう、というのが今回の問題」

諍(いさか)いを止めるように手を叩きながら、〈頭狂人〉があらためて出題した。

「オメーこそ小学生か、ヤング・スカイウォーカー」

「はい？」

「不思議でも不可解でも魔法に見えもしねえってこと」

「じゃ、答えて」

「演出家が楽屋を出たのが五時、楽屋へのルートが二つとも封鎖されたのが五時四十分。だったら五時から五時四十分までの四十分の間に楽屋に行けばいいじゃねーかよ」

「被害者は六時頃まで生きていたそうですが」

「人の話をよく聞け。五時から五時四十分の間に楽屋に行ったとは言ったが、その四十分間に殺したとは言ってねえ。殺したのは六時頃だ」

「ええと、楽屋に行ったあと、すぐに殺さなかったと？」

「おう」

「最短でも二十分は待つことになりますが」

「べつに楽屋前の廊下で立ちんぼすることたぁねえ。楽屋に入って坐ってりゃいい。犯人が被害者と面識があるなら、叫ばれることも追い出されることもない。芝居の関係者とかな。そして本番を前にした女優は、人目を気にせず練習を続ける。大女優なら、相手が押し込み強盗でも平然としているだろうな。『なめくじのろのろなにぬねの〜』」

「そして六時頃殺害を実行」

「おうよ」

「ツッコミどころ満載だね」

「かかってこい」

「控室に行ったのが五時から五時四十分の間、兇行が六時、ということだよね？」

「おう」

「すると最短でも二十分、最長だと一時間、楽屋内にとどまることになる。なんですぐに殺さないの？」

「すぐ殺しちまったら、殺す意味がねえからだ」

「ん？」

「仮に楽屋に行ったのが五時十五分として、入るなりサクッと殺っちまったら、五時二十分には余裕で楽屋を出られるだろう。その時間帯には袖にも受付にも人はいないから、出入りともに目撃されない。

　しばらくして、死体が発見される。楽屋への出入りがフリーだった時間帯が四十分ほどある、そういえば楽屋での声もその頃から途絶えていた、犯人は人の目がない時に楽屋に押し入って殺人を犯したのだ——と、その場の聞き込みで真相が見えてしまい、それでおしまい。謎もトリックもありゃしない。人の目を盗んで殺しただけとか、どういうこと？　おまえはこそ泥か。

　オレらは何のために人を殺してる。借金を踏み倒すためか？　リストラされた腹癒せ？　そういうありきたりの殺人じゃねえだろ。謎を作ることそれ自体が目的なんだろが。殺しただけで謎ができなかったら意味がねえ。

　だから六時まで殺しを先延ばしした。こうすることで楽屋への出入りが人の目に留まるようになり、その状況で殺人が発生したとなれば、犯人は透明人間なのかという不思議が生まれる。だろ？」

「待機していたところで、楽屋への口が二つとも封鎖されるとはかぎらないと思うけど」

「いいや、かなりの確率で楽屋が密室状態になると予測できる。開場が近づけば受付に担当が戻ってくるのは絶対だし、袖でも最後の準備が行なわれるだろう」

「なんとなく思いついただけの推理にしてはうまく切り返すじゃん」

「何ぃ？」

「じゃあこう突っ込もうか。下手の袖とエントランスに人がいたら、殺害実行後に楽屋から出ていくのを見られてしまう」

「出ていかなければ見られない」

「ん？」

「殺したあと、物陰に隠れて楽屋にとどまっておく。そして死体発見後の混乱に乗じて脱出する」

「それは無理かと。おたく、写真を見ていないでしょう」

そう否定したのは〈aXe〉である。

「写真？」

「ファインスタにあった写真ですよ。劇場の平面図のほかに三枚あったでしょう」

三枚とも楽屋の中を写したものだ。異なった位置から広角で撮影しており、三枚セットで楽屋の内部が死角なく写っている。三枚ともに死体が写っていたが、いずれも遠目からのもので表情はわからず、着衣の乱れもなく、たしかにちょっと横になっているようにしか見えない。

「隠れる場所ならいくらでもあるじゃねーか。化粧前（けしょうまえ）の下、畳んで立てかけてあるパイプ椅子の裏側、床に衣装を何枚も広げてその下にもぐり込んでもいい。ドアは内開きだから、その裏側に隠れるという古典的手法も可。なにしろ公演の主役が倒れてるんだ。注意のすべてがそちらに向く。少々雑な隠れ方をしても気づかれない」

「隠れる場所はあっても時間がありません」

「あん？」

「この写真は殺害後撮られています。死体が存在していますから」

「それが？」

「受付の女性によると、花が届けられた時、被害者はまだ生きていたとのことでした。ところがその花を楽屋に持っていくと、被害者が倒れていた。花が届いて楽屋の扉が開かれるまでどれほどの時間があったでしょう。せいぜい三分では？　その三分で殺し、楽屋の内部を撮影し、身を隠す——できますか？」

「手際よくやりゃあできるさ。どこからどの角度で撮るのか、あらかじめ決めておけば、十秒で撮影完了。ドアの裏側に隠れるのなら三秒で余裕。残りは？　持ち時間三分のほとんどを殺しに使える。長すぎるくらいだ」

「拳銃の引き金を引くぶんには」

「は？」

「後頭部を十回殴ってもお釣りが来ます。けれど今回のケースは絞殺なのですよ。人を絞め殺すには結構な時間がかかります。一分も絞めればぐったりしますが、そこで力を抜いたら息を吹き返しますよ。確実に絶命させるには五分は絞め続けたいところです」

「詰んだ？」

〈頭狂人〉は小首をかしげ、ウェブカムをつつくように指さす。

「詰んでねーし。生命力には個人差がある。三分弱しか絞めなくても死んでくれるかもしれない。仮に息の根を止められなかったとしても、べつにいいじゃねえか。本能寺ハルカの殺害が目的じゃねえんだぞ。目的は推理問題を作ること。本能寺ハルカを殺しそこねたら、別のターゲットを探して後日やり直し、成功したらそれを問題とすればいい。失敗例を語る必要はない。オメーの前回の問題だってそうだったじゃねーかよ。確実性が高いとはいえないトリックが、たまたまうまくいっただけじゃねーか。失敗したら別の誰かでやり直すつもりだったんだろうが。おい、聞いてんのか？ジェイソンのマスクをつけてるオメーのことだよ」

「ワタクシのあれは間接殺人です。仕掛けが作動する時、ワタクシはターゲットから遠く離れた場所にいました。失敗しても余裕をもって逃げられるし、次のターゲットを探す機会も残されます。しかし今回の殺人は、おたくの説でいくと、直接手をくだすことになります。それも、実行場所は密室状態。失敗しても逃げ場はなく、現行犯逮捕、やり直ししたくともできません」

「詰んだ？」

〈頭狂人〉がまたウェブカムを指さす。

「うるせー。犯人はそこまで気が回らなかったのかもしれねーだろ」

「つまり私はおつむが弱いと」

「いや、つまり、一般論としてだな……」

「今回の楽屋殺人においては、逃げ場のない環境でリスクを冒さなくても、もっと安全な方法があるわけで」

〈aXe〉が言った。

「どんな?」

「ワタクシの口からは」

「なに気取ってんだよ」

「ワタクシ、一度解答してますから。まだ答えていない方が優先かと」

「モノノケ?」

「モノケイン」

「あれは冗談なんだから数に入るか。言ってみろ」

すると文字が表示された。

〈ユルス〉

「おまえは須永中尉か。どうした? 今日はやけにおちゃめだな」

恥ずかしがっているのか、返事はない。

「コロンボ氏のお許しが出たので、僭越ながら。しかしこれはファイナルアンサーではありませんよ。最もスタンダードな方法を提示するまでです。あまりにスタンダードすぎて、今どきというか今さらというか、このようなトリックはもはやトリックともいえない。性懲りもなく使っているテレビドラマをたまに見かけますが」

「ごちゃごちゃ言ってんじゃねえ」

「おそらくおたくも潜在的には気づいていますよ。けれど、今さらこの手のトリックはあるまいと、無意識に排除したのでしょう。ん？　もしかして出題者は、この無意識の排除を見越している？　難しく考えさせておいて単純な真相を見えなくしてしまおうという心理戦術」

「殺すぞ」

「化粧前をごらんなさい」

〈2of6〉の動画は〈aXe〉がそう言ったところで終わっていた。

六月四日

「『化粧前』って何？」

嵯峨島行生が尋ねると、即座に答が返ってきた。

「ググれ」

「いいじゃん、もう訊いちゃったんだから。『化粧前』って何？　化粧をする前、つまりスッピンのこと？」

「楽屋にある造りつけの鏡台のことだよ。大きい劇場だと壁際にずらーっと並んでいるけど、パーム・ステージには三台しかないな」

動画堂飯店にある〈ご存じより〉という投稿者の動画を番号順に見ろ――。

朝、といっても十一時前だが、午後からの講義のために嵯峨島が自宅を出ると、いくらも歩かないうちに雨が降り出し、気にせず駅に向かっていったのだが、一歩ごとに雨粒が大きくなってきたので傘を取りに戻ったところ、急激に気持ちが萎えてしまい、彼はそのまま部屋に引きこもり、ゲームをしたり溜まりに溜まったテレビ番組の録画を早送りで見たりチョコスプレッドを塗った醤油煎餅を囓ったりしていた。そこに三坂健祐からメールがあった。

〈ご存じより〉による動画は六本あった。二つの数字をofでつないだタイトルを一瞥し、嵯峨島は拍子抜けした。先日見た密室殺人ゲームの動画ではないか。もう何十回となく見ている。国家権力によって削除されても市民によってゾンビのようによみがえり、鼠算式に増殖し、ついに権力が根負けしてしまったという、ネット社会の底知れぬ力を見ろということなのだろうか。
訝かりながら〈1 of 6〉を再生し、嵯峨島は思わずおおと声をあげた。案の定、密室殺人ゲームの動画だった。しかし先日見た遠隔殺人をテーマとしたものではなく、まったく別の殺人が話題にのぼっていた。新たな殺人を実行し、その謎解きをして遊んでいた。
登場するのはジェイソンマスクやカミツキガメのキャラクターである。素顔をさらしているわけではないので、〈頭狂ａＸｅ道全０４４君〉による動画に出ていた者たちと同一人物であるとは即断できない。過去にも、同じコスプレをして遊んでいるグループが何十と存在していた。しかし今回〈ご存じより〉の名前で投稿された動画に映る者たちと、先日の〈頭狂ａＸｅ道全０４４君〉によるものの人物たちは、会話の端々から判断して、イコールである可能性がきわめて高そうだ。全国民の耳目を集め、素性が割れ、指名手配されたというのに、新たに人を殺し、それを公に語っている。
〈1 of 6〉に続いて〈2 of 6〉を見、ファインスタから画像四点をダウンロードしたところで、嵯峨島は三坂にインターネット電話をかけた。1、2と順番に見たら連絡するようにとメールにあったからだ。そのメールには、3以降は絶対に見るなともあった。

「では答えてもらおうか」

三坂が画面の中で身を乗り出す。

「無理言うな。あと何度か見て、情報の整理をしてからでないと」

嵯峨島は顔の前に手を立てた。ノートパソコンのディスプレイ上部にはウェブカムのレンズがある。ビデオ通話機能をオンにしてあった。

「時間をかけても無駄。てゆーか、難しく考えると深みにはまってしまう。〈aXe〉が言っているとおり」

「じゃあ彼がこのあと正解を出すの？」

「まあそんなところだ」

「まあ？」

「とにかく、そうと知らずに3を開いてしまい、何一つ考える間もなく答を知らされてしまった俺！　なんという騙し討ちだ。タイトルに〈ネタバレ注意〉とか一言入れておけっつーの」

三坂は手にした直線定規を刀のように振る。

「ご愁傷さま」

「だから3は見るなと忠告してやったんだ。それは友情、それとも愛？」

「感謝」

「俺のぶんまで推理の愉悦を味わうんだな」

「考えるなと言ったじゃないか」

「考えるなとは言っていない。難しく考えるなと言ったんだ」

「簡単に考えるってどういうことよ」

「己のフォースに従え」

三坂はプラスチックの定規を左右に振る。ライトセーバーのつもりらしい。顔にはダース・ベイダーのマスクをつけている。先日のジェイソンマスク同様、厚紙を切り抜いただけのお手製のものだ。

「ジェダイでもシスでもないし」

「邪念を捨てろということだ。最初に思ったことをそのまま口にしてみろ」

「まだ何も思っていないよ」

「いいや、写真を見て何かを思ったはずだ」

「べつに」

と答えながら嵯峨島は、ファインスタからダウンロードした写真をあらためて開いてみた。一点が劇場の平面図で、三点が楽屋内部の写真である。

「平面図はどうでもいい。注目すべきは楽屋の写真だ」

「化粧前に関係あるんだよね？」

「そこに何がある？」

「鏡。鏡を使ったトリック？　犯人はマジックでやるように鏡を組み合わせて自分の姿を消した、とか？」

「違う。が、そのくらいありきたりな方法だ」

「あとあるものは……、この工具箱みたいのは化粧道具入れ？」

「だろうな。だがそれも違う。そうやって質問しなくても何だかわかる物体が存在しているだろう。その箱と同じように四角いものが」

「四角い……、え？　これ？」

嵯峨島は目を見開き、ディスプレイに顔を近づける。

「それ」

「まさか」

「『まさか』は可能性が非常に低い事態に対して使う副詞であり、対象の可能性が皆無というわけではない。言ってみろ」

「これ、ラジカセだよね？」

　横長の直方体の左右に大きな円形の縁取りが施されている。上端から銀色の細長い棒が斜め上方に突き出ている。

「そう。といっても、カセットテープは使えないぞ。録音と再生にはメモリーカードを用いる。なのにラジカセと称している不思議」

「アナログ盤を売ってなくてもレコード屋と言うようなものだろ」

「うちのばあちゃんは、電気を動力源としている鉄道車輛のことを汽車と言う」

「今どきプッシュ式でないもののほうが珍品だというのに、電話をかけるのをダイヤルすると言ったりする」

「つか、そういうことはいいから。このラジカセが事件とどうかかわる？」

「楽屋から聞こえていた本能寺ハルカの声はラジカセから流れていたものであり、そのとき彼女はすでに死んでいた。まさかね」

　嵯峨島は苦笑いする。

「もう少し詳しく」

「おい、マジでこれなのか？」

「いいから」

「ええと、演出家が楽屋を出たのが五時、下手の袖に美術さんが来たのが五時半、受付に人がいるようになったのが五時四十分だから、五時から五時四十分までは楽屋への出入りは自由に行なえた。犯人はこの四十分の間に楽屋に侵入し、本能寺ハルカを殺害。あらかじめ彼女の声を録音しておいたメモリーカードをラジカセのスロットに挿して再生、楽屋を出ていく。ラジカセは本能寺ハルカが持ち込んでいたものなのだろう。その後楽屋に続く二つの口が封鎖されることになるが、その時にはもう殺害も逃走も終わっているので、何の障害にもならない。そして周囲は本能寺ハルカの声を聞き続け、彼女はまだ生きて存在していると誤認することになる。六時過ぎに受付の石塚奈央が発見した本能寺ハルカは、殺されたてではなく、襲われて少なくとも二十分は経っていた。

一つ補足すると、受付の奈央タンが楽屋に入った時、本能寺ハルカが倒れており、しかし彼女の声が聞こえていたらトリックがまるわかり、何の謎も生じなくなってしまうから、奈央タンが楽屋のドアを開ける前にラジカセを止めなければならない。といってあまり早くに止めすぎると、袖や受付に人が来る前に『声』が消えてしまい、それもまた謎が生じないことになってしまう。奈央タンが楽屋に行く少し前に止まるというのが理想なのだけど、はたしてそのように都合よくできるだろうか。ある特定の時刻に奈央タンを楽屋に誘導し、そのタイミングでラジカセを止めることができればいいのだけど。

できる。メモリーカードに記録する音声ファイルの長さを調整すればいい。たとえば、本能寺ハルカの声を四十五分間記録したものを五時十六分に再生開始すると、六時一分に無音になる。一方で、六時の時間指定で花屋に配達を依頼しておく。すると、花が届いた時には声が聞こえており、しかしそれを楽屋に持っていったら中は静かで、ドアを開けると死体があり、六時過ぎの短時間に犯行が行なわれたと誤認させることができる。

——けど、マジでこんな手垢のついたトリックなの？　磁気テープでなく不揮発性の半導体メモリーを使っているのが今日的だけど」

三坂は嵯峨島の質問には答えず、定規を突きつけてくる。

「ファイナルアンサー？」

「まあ、いちおう」

嵯峨島はいったん頷くが、ちょっと待ってとウェブカムの前に手をかざす。

「少し補強。仮に四十五分収録の音声ファイルを用意してきたとして、楽屋への侵入や殺害に手間取り、ラジカセの再生開始が五時二十一分になったとする。その場合はまず早送りして五分のところから再生する。頭から再生したら、奈央タンが楽屋のドアを開けた時、ラジカセが鳴っていることになってしまうから。再生の開始点は、六時までの残り時間を計算して臨機応変にということだね。

それから、メモリーカードの回収ができないけど、それは気にしなくていい。量産品なんだから、警察の手に渡ったところで、販売ルートから購入者を突き止めるのはまず不可能」

「ファイナルアンサー？」

「違うの？」

「意思を確認しているだけ。ファイナルアンサー？」

「ええと、検算」

嵯峨島は集中するために薄く目を閉じ、今まで喋ったことを頭の中で反芻する。あそうかとつぶやき、指を鳴らす。

「花を時間指定で注文しても、交通事情その他で時間どおりに配達してくれる保証はない。しかし時間どおりに届いてくれないと、ラジカセの再生終了とのタイミングがずれてしまい、トリックが機能しないかもしれない。確実さを求めるなら、人に頼らず、自分でやるのが一番。つまり花屋が犯人なんだ。花屋を装えば、音声ファイルの長さに合わせて任意の時刻に花を届けられる。時間を完全にコントロールできる」

「ファイナルアンサー？」

「ファイナルアンサー」

嵯峨島は顔の横に拳を挙げる。

三坂は、一秒、二秒、三秒と思わせぶりに口をつぐみ、それから定規をひゅんと振りおろした。

「残念」

「え？」

「今のは〈aXe〉の解答とほぼ同じだな」

「彼、あのあと答えて間違ったの？」

「ああ」

「素直に考えろと言ったのは誰だよ。ラジカセに注目させたのも」

嵯峨島は眉をひそめる。

「今ので基本線は合っている。詰めが甘い。さしずめ花形(はながた)だな」

「はあ？」

「消える魔球の秘密を解明したと一席ぶちあげ、しかし実は八十パーセントしかわかっておらず、敗北にうち震え、試合途中でベンチに引っ込んだ花形満」

「おまえ、いったい何歳だよ」

「〈aXe〉が己の敗北を認められず、悪態をついていると、〈044APD〉が無言で現われ、残りの二十パーセントを補完して正解をかっさらった」

「毎度のパターンか」

「犯行時刻を誤認させるためにラジカセを使ったことは合っている。ヒント、ラジカセをよく観察しろ」

嵯峨島は楽屋の写真の化粧前の部分に目を凝らす。マウスを握り、拡大してみる。

「ヒントその二、不自然な箇所を探せ。不必要と言ったほうがいいか」

嵯峨島は腕組みをし、ラジカセを睨みつける。

「なぜそのラジカセが楽屋に持ち込まれたのかというと、本能寺ハルカの練習のためだろう？　過去の本番や稽古でよかった時の録音を聞いて、いいイメージを摑もうとしたり、台詞回しのチェックをしたり。ラジオの天気予報を聴くためでは決してないよな？」

「落語でもな。あ」

嵯峨島はハッとしてディスプレイに手を伸ばし、ラジカセのその部分を指さす。

「アンテナか？　アンテナだな⁉　この斜めに立っている細長い棒はＦＭのアンテナだ。ラジカセにはついていてあたりまえだ。しかしどうして伸ばしている。ラジオを聴くために持ち込んだのではないのだから、縮めて収納してあるべきなのに。なのに伸ばして立ててある。

犯人は『声』を飛ばしたんだ。本能寺ハルカの声を収めたメモリーカードは楽屋のラジカセに入れたのではない。犯人の手元にある端末からＦＭトランスミッターで飛ばし、楽屋のラジカセで受信させ、そのスピーカーから出力させた。犯人は本能寺ハルカを絞め殺したあと、ラジカセのファンクションスイッチをＦＭ波受信に切り替え、周波数を手元のトランスミッターと同期させ、ラジカセのボリュームを上げて、楽屋を出た。

こうする利点は二つある。一つは、メモリーカードという物証を現場に残さずにすむこと。もう一つは、『声』の再生終了のタイミングを容易にコントロールできること。花屋に扮（ふん）するよりフレキシブルにコントロールできる。

ラジカセ本体に挿したメモリーカードの音声を再生する場合は、あらかじめ再生時間を決めておき、花の到着も時間厳守という、日本の鉄道会社のような正確なタイムスケジュールの運用が要求されるけど、手元の音声ファイルをトランスミッターで飛ばすのなら、再生を終えたい任意の時に手元の端末の停止ボタンを押せばいい。再生時間は臨機応変に延ばしたり縮めたりできる。それに、花屋に扮すると、奈央タンに顔を見られてしまうというリスクが生じる。けれどトランスミッターを使えば、再生停止に合わせて花を届けるのではなく、花が届けられたのに合わせて再生を停止すればいいので、自分は表に出ていかなくてよい。花は本物の花屋に時間指定で注文し、劇場の入口近くに待機、花屋の到着を見届けてから『声』を止める。

これがファイナルアンサー」

「もう遅い」

三坂は両手首を交差させて×印を作る。

嵯峨島は手首にひねりを入れて拳を握る。

「でも、これが残り二十パーセントを加えた完全解答なんだろ？」

「ああ。いや、一点減点かな」

「どこが？」

「奈央タン奈央タン言ってるが、石塚奈央は四十過ぎのババアだぞ」

「え？」

「可能性としては、ありだろ。本能寺ハルカが三十六なんだから」

「はいはい。そんなことより、本当にこれが正解なのか？」

「そうなんだってさ」

「そんなの、ありか？　録音を聴かせて殺害時刻を誤認させるというトリックが、これまでどれだけ使われてきた。元祖はたぶんアナログレコードを使ったあの作品で、百年近く前のことだぞ。それを、何で今さら。不揮発性の半導体メモリーやFMトランスミッターという今日的アレンジを加えたとしても、いただけない。好意的に解釈すれば、今さらこんなトリックはないだろうと端から捨ててかかることを見越して裏をかいた一種の心理トリックなわけだけど、あざとさが鼻につく」

　嵯峨島は喋るうちにだんだん腹立たしくなってきた。

「この問題の意図はそんなところにあるんじゃないから。次のトリックとの対比のために、どうしても使っておく必要があった」

　三坂は椅子にふんぞり返り、定規で顔をあおぐ。

「次のトリック？」

「次の問題のトリック」

「まだ問題があるの？」

「探偵さんよ、そのくらい察せなくてどうする。動画は6まであるんだぜ。3から6までを正解の解説に費やしていると思ってたのか？」

三坂はさも自分が出題したかのような傲岸さである。

「ほかに謎っぽいところあったっけ？」

「続きを見ればわかる。ただし5まででやめとけよ」

「6が解答編？」

「そう。あ、でも、気にせず続けて見てもいいか」

「ネタバレなのに？」

「考えても無駄だから」

「そんなに難しいの？」

「ああ。無理無理。絶対わかりっこない。つか、本当にそういうトリックだったのか？　嘘だろ。いくらそういう理論が実際にあるとはいえ、とても信じられん。出題者本人がそう言うのだから、信じるしかないけど」

三坂は定規を振り振りぶつぶつ繰り返す。

３of６（六月三日）

〈aXe〉がラジカセを使った兇行時刻誤認トリックを語る。

〈頭狂人〉の判定は、「残念」。

間違っているはずがない、卑怯だと、〈aXe〉がうわずった声でまくしたてる。

これは自分の最終的結論ではなく、最も標準的な考えにすぎないと前置きしていたのに、やはり悔しいらしい。

〈044APD〉がFMトランスミッターを使ったトリックを淡々とタイプする。

〈頭狂人〉が「正解」の判定を出す。

４of６（六月三日）

「オメー、いいかげんにしろよ。なんだよこのショボさは」

〈ザンギャ君〉が怒りを通り越してあきれたように言う。

「ほら、今日は教授がいないから」

〈頭狂人〉がククッと笑う。

「はあ?」

「教授に代わって、彼お得意の脱力問題を出してみましたよと」

「ざけんな。教授が不参加を表明したのはきのうだろうが。オメーが本能寺ハルカを殺したのは二週間以上前」

「冗談に決まっておろうが」

「テメ——」

「なぜ貴殿は不満に思うのか」

〈頭狂人〉は片肘(かたひじ)を突き、マスクの顔を挑発的に突き出す。

「今さらすぎるトリックだからだよ。オレらは新しい刺戟(しげき)を求めているんだよ。オメーには、前例のないトリックで勝負しようという気概がないのかよ。なさけない。バリエーションにしても工夫がなさすぎるぞ、ありゃ。わかりきったことを言わせんな」

「ほう、今さらすぎるトリックはいかんと」

「あたりめーだ」

「前例がないことが尊いと」

「左様（さよう）。なんでオレ様も教授口調になんだよ」

「よろしい。ザンギャ君殿、今貴殿が言ったことを、しかと憶えておくように」

「はあ？」

「では諸君、第二問に行こうかの。ええい、教授のまねはめんどくさいので終了。しょーもないトリックですみませんでしたね。お詫びに歯応えのあるものを差しあげましょう。硬すぎて歯が欠けてしまっても知らないよ」

「第二問？」

「そう、第二問。前回アクスがアリバイ崩しと密室の二部構成をやったので、それに対抗してみました。といっても二番煎じではないよ。こっちは二話構成だから」

「本能寺ハルカ殺しに、ほかに謎っぽいとこなんかあったか？　楽屋に暗号文でも落ちてたのか？」

「あ」

　と息を呑むような声を発したのは〈ａＸｅ〉である。

「ワタクシが答えてよろしいでしょうか」

「まだ問題言ってないけど」

〈頭狂人〉がきょとんとするように首を突き出す。

「察してしまいました。同時に答も」

「へー」

「誰が本能寺ハルカを殺したのか」

「私だけど」

「私とは誰か。ネット上で〈頭狂人〉を名乗る男、ベイダーマスクの下に隠された素顔は——」

〈aXe〉はそこで言葉を切り、十分ためを作ってから言った。

「おまえは丹羽(にわ)弘陽(ひろあき)だ！」

ジェイソンマスクの前を、手斧が斜めに振りおろされる。〈頭狂人〉は何とも返してこない。

「ぐうの音も出ませんか」

「美輪(みわ)明宏(あきひろ)？」

〈ザンギャ君〉がとぼけた声で言った。

「丹羽弘陽。演出家ですよ」

「ベイダー卿が？」

「いいですか、殺害が行なわれたのは五時から五時四十分の間です。その時間帯は昼の部と夜の部の間にあたり、場内に客はいませんでした。関係者も休憩中で、劇場を出ている者もいました。つまり、部外者が劇場に侵入することが可能な状況だった」

「それが？」

「外部からの侵入は可能ではあるけれど、どの時刻に誰がどこにいるのかは決まっていないので、出たとこ勝負の要素が多分にあるのもまた事実。誰もいないぞ、しめしめと思ったら、暗幕の陰から出てきて誰何されることも十分考えられます」

「その程度のリスクを恐れてたら何もできねーぞ」

「ところが、当該時間帯に劇場内にいて、その姿を目撃されても、まったく怪しまれない者たちがいるのですよ。芝居の関係者です。この中の誰かを犯人としたらどうでしょう。外部からの第三者より、ずっと有利に事を運べますよ。関係者の人数は少ないので、全員の行動を把握しやすい。誰が外出しているのか、いつごろ受付が準備を始めるか、美術の作業はどこで行なわれるか、それらがわかっていれば、出たとこ勝負とはもう言えません。おたくも最初、関係者を犯人と想定して推理していたじゃないですか。ほとんど見当違いでしたけど、犯人像だけはあれでよかったのですよ」

「やかまし」

「中でも一番自然に行動できるのが演出の丹羽弘陽です。打ち合わせと称して堂々と楽屋に行き、殺害。これからウォーミングアップするそうだと何食わぬ顔で出てきて、録音しておいた声をトランスミッターで飛ばす。ですよね、丹羽弘陽さん？」

「ねーよ」

「おたくには訊いていません。ベイダー卿、認めますね？」

「残念」

〈頭狂人〉は緩慢にかぶりを振る。

「潔く（いさぎよ）ありませんよ」

「一、証拠がない。状況証拠としても弱すぎる」

「だよ。身内が犯人だったらおもしろいと、ただそれだけで言ってるだろ」

と〈ザンギャ君〉。

「二、仮に証拠があり、私が丹羽弘陽で、本能寺ハルカを殺したのだとしても、だから？」

「犯人の謎を解き明かしてるじゃないですか」

〈aXe〉はうろたえている。

「何やら先走ってるけど、第二問が本能寺ハルカ殺しの犯人当てだと、私がいつ言った？」

〈aXe〉は答えない。

「私が言ったのは、二話構成だということ。二部構成ではなく、二話構成。一つの話の別の部分について取りあげるのではなく、別の話を題材にするということ。つまり、別の殺人事件についての問題なの。おわかり？」

〈aXe〉は沈黙している。

「オメー、今日は徹底的にだめな日だな」

天敵になぐさめられる始末である。

5 of 6（六月三日）

〈頭狂人〉が第二問を語る。

「この事件も例の動画騒ぎにまぎれてたいして報道されなかったので、私が詳しく説明します。

　一九一〇年に東京府北豊島(きたとしま)郡王子町(おうじまち)に開学した東京鉱工大学は、一九八二年から、当時の茨城県筑波(つくば)郡伊奈(いな)村への移転を開始し、一昨年のつくばみらい市発足と時を同じくして本部機能と全学部の移転を完了、名称も日本みらい大学とあらためた。この、古いような新しいような大学で、明治の開学以来初となる殺人事件が起きたのは、先月二十日のこと」

「二十日？」

〈ザンギャ君〉が怪訝そうに言った。

「そう、五月二十日」

「十八日に本能寺ハルカを殺したんじゃなかったか？」

「そうだけど」

「つーことは、中一日でまた殺したのか？」

「そうですが」

「タフだな」

「ありがとう」

「まあ、パーム・ステージでのあれは、お手軽焼き直しだからな」

「一言多いよ」

〈頭狂人〉は中指を立て、出題に戻る。

「日本みらい大学つくばキャンパスの西のはずれに、他学科から隔離されたようにぽつんと存在する八階建ての物理学科群棟。工学部応用物理学科物質工学研究室はその六階にある。トップに君臨するのは、人工誘電体ならびに人工磁性体研究のパイオニア、伊東久英教授。ボスの名を取って伊東研と、学校関係者は通常そう呼ぶ。

伊東研は物理学科群棟六階フロアーの半分を占める。残りの半分は同じ学科の中町研だ。伊東研の大小九つの部屋のうち、二つが学生に与えられている。一つが学部生用で、もう一つが大学院生と研究生用。事件は後者のほうで起きた。

五月二十日午前十一時頃、院生たちの部屋六一七号室で、ドクターコース一年の溝口日登志が血を流して倒れているのが発見された。背中に庖丁が刺さっており、すぐに救急車が呼ばれたが、搬送先の病院で死亡が確認された。死因は、急激な血圧低下による外傷性ショック。背中の刺し傷は肺にまで達していた。ほかに、後頭部に打撲痕があり、まず頭部に打撃を受け、抵抗力を失ったのち、背中を刺されたと推測された。

兇器の庖丁は中町研と共用している六階の給湯室で昔から使われていたものだった。殴打に使われた兇器も現場に残されていた。二キログラムの鉄アレイで、これは伊東研の院生の私物で、六一七号室に置きっぱなしにされていたものだった。

その日溝口日登志は十時少し前に研究室にやってきた。その時点ですでに三人の学生が六一七号室におり、溝口はコーヒーを飲みながら十分ほど彼らと雑談したあと、自分の机に着いた。その自分の席で兇行に遭ったのである。十一時の時点で院生部屋には、被害者を除いて六人がいたが、誰一人として兇行を目撃した者はいない。これには部屋のレイアウトが関係している。〈グラキューブ〉に六一七号室の見取り図をアップしておいたから、ちょっと見てみて。投稿者名は〈ジャック・グリフィン〉ね」

グラキューブというのも写真共有サービスの一つである。〈ジャック・グリフィン〉で検索すると五点が引っかかり、そのうちの一点がフリーハンドによる六一七号室の見取り図をキャプチャーしたものだった。学生の机は、壁際と、部屋の中央に配置されている。

「被害者の机は赤で星印をつけているところね。見てのとおり部屋の一番奥で、手前には、部屋の長辺に対して垂直に背の高い本棚が三つ並べられているため、同じ部屋のほかの机からは直接見えないようになっている。被害者とその隣の机の二つだけが、パーティションで仕切られているような感じだね。

学生の証言によると、溝口は十時十分にこの隔離区画にある自分の机に着き、その後血まみれで発見されるまでここを離れていない。ただ、生存は十時四十分の時点では確認されている。溝口のパソコンにトラブルが生じ、それを見るために院生が溝口のデスクまで足を運んでいるんだ。なので兇行はそのあと、十時四十分から十一時の間に発生したことになるのだけど、この二十分の間に外部からの侵入があったとは絶対に考えられないというんだよ。

まず、六一七号室の出入り口を確認しておこう。廊下に出られるドアは二か所にある。しかしそのうち溝口の机に近いほうのドアは、出入り口としての機能を失っている。写真からもわかるように、ドアに密着してキャビネットが置かれている。ドアの廊下側にもロッカーが置かれており、完全な開かずの扉状態だ。これって消防法上問題ないの？

ドアのほかに出入り口として考えられるのは窓。廊下と反対側の壁は上半分がずっと窓になっている。横に滑らせて開く、ごく普通の窓だ。これが四つ。院生部屋への出入り口は、以上。

では今挙げたドアと窓からの侵入の可能性について検証してみる。最初に窓ね。窓には全部クレセント錠がかかっていた。物理学科群棟では年間を通じて集中管理方式の空調システムが稼働しているので、窓は基本的に閉めっぱなしなんだって。金持ち私立だね。もし鍵がかかっていなかったとしても、六階だから、窓からの侵入は無理。そりゃ、梯子（はしご）とかロープとか鉤爪（かぎづめ）とか使えば侵入できるけど、日中そんなことをして誰の目にも留まらないわけがない。六一七号室にいた学生たちも、窓が開けば気づく。

じゃあドアは？　結論から言うと、部外者の出入りはなかった。時系列に沿って説明しよう。

溝口が研究室にやってきたのは十時。この時点で部屋にいたのは三人だったとは、先に説明したとおり。

溝口が自分の机に着いたのは十時十分。この十分のうちに院生部屋にやってきた者はいない。

溝口がパソコンのトラブルで助けを求めたのが十時四十分。この三十分の間にやってきたのは、院生が二人と学部生が二人。院生二人はそのまま部屋にとどまり各自の机に、学部生は二人とも用件をすませると出ていった。

その二十分後に溝口は倒れているのを発見されたわけだが、この間院生部屋にやってきた者はというと、研究生が一人と学部生が二人。研究生は自分の机に着き、学部生はすぐに出ていった。

人の出入りはそれだけ。出入りの業者や運送会社の配達員、教授や助手、学校の事務職員がやってきたということもない。不審者が入り込む隙はなかったというのに不審な出来事が起きちゃったんだよ。いったい賊はどうやって溝口を殺したのだろう、というのが第二問。一問目に続いての透明人間問題だ」

〈頭狂人〉はそこでひと息つき、ストローをマスクの顎から差し入れた。

「いくつか確認を」

〈aXe〉が言った。

「どうぞ」

「溝口日登志一人を残し、学生全員が出払っていた時間帯はないのですか？」

声の調子からは、前問での屈辱から気を取り直しているように感じられる。

「その隙に賊が侵入したということだね。残念ながら、一秒もない。トイレに行った者もいません」

「学生が部屋にいたとしても、そっとドアを開ければ忍び込めませんか？」

「図面を見てみ。ドアは溝口の机から遠い位置にある。ここから入って溝口のところに行こうとすると、学生たちの間を縫って部屋を横断しなければならない。気づかれずにすむかな？」

「溝口が倒れていると、学生たちはどうして気づいたのでしょうか。彼の机は死角の位置にあります」

「音だよ。溝口の机の方から妙な音が続いたのだそうだ。鈍い音、椅子が軋むような音、唸るような呻くような声。学生たちは最初、またパソコンの調子が悪くなり、イライラしているのだろうと思ったという。それで、先にパソコンを見てやった湖山という院の二年生が、また見てやるかと席を立ったところ、ドンガラガンとものすごい音がした。驚いて飛んでいくと、椅子がひっくり返り、溝口が倒れていた」

「その時、溝口の机のあたりに人はいなかったのですね？」

「いたのなら警察に引き渡されていただろうね」

「いわゆる隔離区画には、溝口のほかにもう一つ机がありますよね。そこの席の主は不在だったのでしょうか」

見取り図には〈白坂〉と名前がある。

「まだ来ていなかったみたい」

「ということは、白坂氏の机の下は身を隠すスペースになりえますよね」

「発見時犯人は隣の机の下で息をひそめており、その後の混乱に乗じて逃走したと」

「可能性としては」

「その場合、犯人はどうやって部屋に入ったわけ？」

「学生がやってくる以前、早朝から待機しておけば」

「残念。十時四十分に溝口のパソコンを見にいった湖山が、白坂の椅子を借りているんだな。机の下に人がいたらこのとき気づいたはず。椅子を借りて坐る時は見逃す可能性がないこともないけど、椅子を戻す際にぶつかるのでかならず気づく」

「なるほど」

「ほかには？」

「ワタクシからはとりあえずそんなところで。考える時間をください」

「とっとと退場しやがれ」

〈ザンギャ君〉に替わる。

「内部犯とかいうオチじゃねーだろな？」

「研究室の学生？」

「おうよ。そっと自分の席を離れて溝口のところに行き、殴って刺し殺し、そっと自分の席に戻った」

「だーめ。湖山の机の位置を見なよ」

パーティションになっている本棚を軸として、溝口の机と対称の位置にある。

「溝口と白坂の机がある方に行こうとすれば、かならず湖山の目に留まる。湖山は溝口より先に研究室に来ていたし、十時から十一時の間にトイレに立ってもいない」

「湖山が犯人だったらいいじゃねーか」

「それもだめ。湖山の机は東田(ひがしだ)の位置から丸見え」

「じゃあこれでどうだ。溝口のパソコンを見てやったのは湖山なんだよな。そのとき兇行に及んだ」

「あー、ごめんねー、きちんと言ってなかった。湖山一人で溝口のパソコンを見にいったんじゃないんだよ。須藤(すどう)と二人だったんだ。それに、パソコンを見にいったのは十時四十分。不審な物音がしたのは十一時。二十分の隔たりがある。研究室にラジカセはないからね。と、パソコンで音声ファイルを再生できるか。けど、椅子も倒れてるんだよ。これをどう説明する」

〈頭狂人〉は挑発的に首を突き出す。

「てことは、残る可能性は一つっきゃない」

〈ザンギャ君〉はそう言ったあと、少し間を置いて続けた。

「六一七号室にいた全員が共犯」

〈頭狂人〉はすぐには応えず、〈ザンギャ君〉と同じ程度の間を置いてから、

「事象面だけを見れば、その可能性はある。けど、心理的にありえない。全員が共犯であるのなら、私も伊東研の学生ということになるよね。事件発生時、溝口を除いて

部屋にいたのが六人、そこから自分を引くと五人。ゲームのために溝口を殺しちゃうから手伝ってと五人を説得できると思う？　一人を引き入れるのだって難しい」

「いや、こう考えてはどうだ。溝口日登志つーのは、性格は悪い愛想は悪いつきあいも悪いで、研究室の鼻つまみ者だった。そこで研究室の有志が殺害を計画、実行した。その中に〈頭狂人〉がおり、密室殺人ゲームの問題に転用することにした。ゲームと実利を兼ねた一石二鳥」

「現実的な動機が背景にあるのなら、自分たちに疑いがかからないよう、加害者側は配慮するはずだよ。恨む者と恨まれる者が一緒にいる密室の中で殺したら、真っ先に疑われてしまう。せめて部外者が自由に出入りできる状況を作っておかないと」

「だよなあ。オレ様なら夜道で襲うわ」

〈ザンギャ君〉は珍しく素直に引き下がる。

「弾切れかな？　じゃあ次はコロンボいってみる？」

返答はない。

「さすがの無敵の王者も今度ばかりはお手上げですか。ま、言っちゃうけど、今回は超難問だからね。さらに言っちゃうけど、トリックの次元が違うから。お手軽焼き直しなんてもう言わせないよ。正真正銘の前例なし」

〈頭狂人〉はマスクに仕込まれたギミックを使い、コーホー、コーホーと、ベイダーの呼吸で挑発する。

「一つヒントをあげようか。研究室に置いてあった鉄アレイが兇器として使われたと言ったよね。誰のものかというと、須藤。運動不足解消のために二キログラムのものを二つ持ち込んだのだけど、結局三日坊主で終わってしまい、その後は足裏マッサージ器として第二の人生を歩んでいた。机の下に置き、靴を脱いで足を載せるのね。事件の日もそうだった。

ところで須藤というのは、溝口のパソコンを見た一人だったよね。溝口のところから自分の机に戻ったところ、鉄アレイが一つなくなっていたというんだ。席を立った際に蹴飛ばしてしまったのだろうかと、机の下にもぐり込んで探しても見当たらない。そうこうするうちに溝口の異状が発見され、彼が倒れているそばに、須藤のところから消えてしまった鉄アレイが落ちていた。ということは、十時四十分過ぎには、犯人はすでに院生部屋の中に侵入していたということになる。須藤が席を立ち、溝口のところに行った隙に、鉄アレイを失敬したのだ。ところが須藤の机の近くでそのような動きがあったのを目撃した者はいない。おっと、これはヒントではなく、むしろ問題を難しくしてしまったかな。

須藤には悪いことをしたなあ。兇器の所有者ということで、警察にも研究室の者たちにも相当疑われたみたい。たぶんまだ疑いは完全に晴れてない。恨みがあって、彼が疑われるよう仕向けたんじゃないよ。ちょうどいい感じのものが目についたから拝借したまでで。ごめんねー、須藤君」

〈頭狂人〉がそうやって饒舌に語っている時だった。

テキストウインドウが開き、カタカナ七文字が表示された。

〈メタマテリアル〉

6 of 6（六月三日）

〈044APD〉である。引き続きテキストウインドウに言葉が表示される。

〈日本みらい大学工学部応用物理学科物質工学研究室伊東久英教授の専門は、人工誘電体ならびに人工磁性体〉

「あちゃー」

素っ頓狂な声があがった。

「そうか、それ、言っちゃってたよ。バカ、バカ、私のバカ野郎」

〈頭狂人〉がベイダーマスクに拳を打ちつける。

「いったい何だよ」

と〈ザンギャ君〉。

「大失敗。決定的なヒントを出しちゃってた。凡ミスで一点献上。はいそのとおりですよ。正解」

〈頭狂人〉がベイダーマスクを抱える。

「だから何だって」

「だから正解なんだよ」

「まだ何も言ってねえだろ」

「もう全部言ったも同然。そしてそのとおり。正解」

〈頭狂人〉の画面からベイダーマスクがフレームアウトした。シャツの裾（すそ）あたりが大写しになっている。椅子から立ちあがったらしい。

「全然わかんねえよ」

「そこにいるわかっている人に聞いて」

シャツが離れていく。

「どこ行くんだよ」

「恥ずかしくていたたまれない。あとは勝手にやって」

背中を向け、折れ曲がったストローの刺さったタンブラーをあげる。

「おい」

「泣き疲れたら戻ってくるかも」

そして〈頭狂人〉の画面は空っぽになった。

取り残された三人はあっけにとられてしまったのか、しばらく沈黙が続いた。

「コロンボ氏、お願いします」

〈ａＸｅ〉が言った。

〈人工誘電体や人工磁性体などの単位素子を電磁波の波長より十分に小さく原子よりは十分大きく人為的に等間隔で配置し、負の屈折率などの異常な電磁応答を実現する新物質をメタマテリアルと呼ぶ〉

「わけわかんねえよ」

〈メタマテリアルを用いることにより、波長分解能の限界超越、電磁波迂回（うかい）、光領域の磁性などが実現される〉

「日本語で説明しろ」

〈高分解能レンズ、透明化技術などへの応用が期待されている〉

「あ」

そう声をあげたのは〈ａＸｅ〉で、次の瞬間にはもう姿を消していた。

「なんだよ、オメーまでいたたまれなくなるこたぁねえだろ」

「ちょっと待ってください」

声だけ聞こえる。

「便所か？」

「違います」

「ピザか？」

「こんな時間に配達してくれません。あった、これだ」

〈ａＸｅ〉が戻ってきて席に着く。雑誌を広げて忙しくページをめくる。

「『メタマテリアルと呼ばれる人工物質で物体を覆うと、物体の周囲の電磁波を曲げることができる。電磁波が可視光線であった場合、その物体を見えなくすることができる』そうです」

「はあ？」

「原理的には、『その人工物質に光を当てても、反射も散乱もせずに物体を迂回するように伝播（でんぱ）し、物体の向こう側では光の波が元どおりに形成されて出ていく。物体の向こうからやってくる光もこの物体によって反射も散乱もしないでこちら側に到達するため、あたかも光がその物体を透過し、そこには何の物体も存在しないよう感じられる』のだとか。物体が消滅するのではなく、存在するのだけど認識できないため、結果として透明に感じられてしまうということですね。いわゆる光学迷彩ですよ」

「オレ様、頭が悪い？」

「たとえば、メタマテリアルでシートを作り、それを頭からすっぽりかぶれば、その人物の姿は消えてなくなる。正確には、その人物は物体としてそこに存在しているのだけど、周囲からは見えなくなる」

「透明人間？」

「そうです。ただしジャック・グリフィンのモノケインとは違い、人体そのものを透明にしてしまうのではなく、透明に見える作用のある物体で人体を包み込む。透明マントです」

「ハリー・ポッターかよ」

「わが国では天狗の隠れ蓑（みの）ですね」

「どのトンデモ本から引っ張ってきたんだよ、そのネタ」

「科学雑誌ですが」

〈ａＸｅ〉は表紙をカメラに向ける。世界的な科学雑誌の日本語版だ。

「おい待てよ。てことは、ベイダー卿は透明マントで体をすっぽり覆って溝口日登志を殺したって？　だから室内の誰にも気づかれなかった？」

「伊東教授が研究している人工誘電体や人工磁性体はメタマテリアルの素材です」

「だから研究室には透明マントがあって、ベイダー卿はそれを拝借したって？　なんのＳＦ映画だよ」

〈ザンギャ君〉は怒っているというよりあきれている。

「メタマテリアルは一九六八年に旧ソ連の物理学者ヴィクトル・ゲオールギエヴィチ・ヴェセラゴによって理論が確立された現実世界の科学技術ですよ。その応用による光学迷彩は、現在各国の機関で研究されています。軍方面の関心と期待は相当なものだそうです」

〈米カリフォルニア大学、デューク大学、英インペリアル・カレッジ、セント・アンドルーズ大学、日本みらい大学〉

〈０４４ＡＰＤ〉がフォローする。

「聞いたことねえぞ。いつごろニュースでやってた？　透明マントなんてものができたら、民間宇宙旅行より大変なことじゃねーか」

〈特定周波数のテラヘルツ波やマイクロ波を迂回して伝播させられる物質は生成に成功している。可視光線については実験段階〉

「じゃあだめじゃねえか。可視光線で成功しなきゃ物体は消えて見えない」

「伊東研では成功したのかもしれません」

とは〈ａＸｅ〉。

「だったらニュースになるって言ってんだろ」

「そうとはかぎりません。科学の分野においては再現性が重要です。その実験を繰り返している段階では発表は控えるでしょう。また、実証実験に成功していたとしても、発表の時期を待つことはあるでしょう。特定の学会などを睨むなどして」

「いやしかし、オメー……」

怒ったり戸惑ったり、〈ザンギャ君〉はめまぐるしく変化する。

「似たような技術で、レーダー波から物体を見えなくしてしまうステルスは実用化しています。それをＳＦだと笑う人がいますか？」

〈ａＸｅ〉は手斧をウェブカムに突きつけ、そして振りおろす。勢いあまって手斧がすっぽ抜けた。

「テメー、殺す気か」

「どうやったらそっちまで飛んでいくんですか。来世紀には、インターネット回線で物質を転送させる技術ができているかもしれませんが」

かがみ込み、手斧を拾いあげて机の上に置く。

「そうだよ。透明マントなんて、まさにハエ男の物質電送機くらいありえないことじゃねーかよ」

「けれど研究が行なわれているのは事実であり、特定の周波数には作用させられているわけですから、将来的にはかならず達成される技術であることに疑いの余地はありません」

「未来は関係ねえ。今の段階で透明マントが存在しないことには話にならねえだろが。けど、ニュースになってやしない」

「おたくはまさか、世の中で発生するすべてのことが表に出ているなんて、そんなお花畑な人じゃないですよね？」

「あたりめーだ。けど……、じゃあオメーは納得してんだな？　ベイダー卿は透明マントを使って人知れず殺害を実行したと」

「可能性としては」

「心からは信じてないってことじゃねえかよ」

「凡人には信じられませんが、アーサー・C・クラークは、『十分に高度な科学技術は魔法と見分けがつかない』と言っております」

「はいはい、負けました」

〈頭狂人〉がタンブラーを持って戻ってきた。

「けれど今回は、勝ち負けとは別の部分にテーマを置いていたので、負けでもいいよ。負け惜しみですけどね」

着席し、ストローの先をマスクの顎の部分からこじ入れる。

「透明マントだと？　ざけんな」

〈ザンギャ君〉が待ってましたとばかりにつっかかる。

「絶対に解けないはずだったのに、バカだね。人工誘電体なんて言ったら、メタマテリアルと結びつけられるに決まってんじゃん。さすがコロンボ、チョンボは見逃さない」

「おいこら、なに無視してんだよ」

〈頭狂人〉はストローを抜く。

「そこで吠えてるあなた」

「オメーがふざけてるから怒ってんだよ」

「さっき自分で何を言ったか憶えてるよね？　しっかり憶えておくようにと釘を刺したよ」

「はあ？」

「録音した声によるアリバイ工作などという今さらなトリックはけしからん」

「それが？」

「前例がないことが尊いとも言った。だから前例のないトリックを使った。なのにどうして文句を言う？」

「アホ。架空のトリックに前例もクソもあるか。与太話はいいから、本当の答を言いやがれ」

すると〈頭狂人〉は、やれやれというように首を振って、

「音声録音トリックを扱った最初の推理小説が世に出たのは大戦間期のこと。手垢で真っ黒けとさんざん貶められているトリックだけど、当時は最先端のハイテク技術を駆使したもので、非常な感心をもって受け止められたと想像できる。しかしこれがもっと時代を遡り、エジソンが音声記録の原理を発明したばかりの十九世紀後半、蓄音機が一般に普及する前に書かれていたとしたら、読者は誰もトリックの意味を理解できなかっただろう。現実に、予備知識もなくエジソンに円筒式レコードを聞かされ

た者は、目の前で起きている事態を理解できず、お化けにでも遭遇した気持ちになっただろう。その話を聞かされた者は、人の声が箱の中からするなんてありえないと笑い飛ばしただろう」

「透明マントも同じことだって？」

「誰もが分け隔てなく推理に参加できるよう作ったのが、今回の一問目。すると、ぬるすぎるとブーイングの嵐だ。配慮してくれてありがとうとは一言も言われなかった。第二問は逆に、広く知られていない技術を意識的に使うことで、推理の門戸を極端に狭めた。するとこれまたブーイングの嵐だ。よくぞこんなトリックを見つけ出したとはならなかった。

　実はこの反応が見たかったんだよ。勝ち負けよりも、今回はこれがテーマだった。人間というのは結局、自分の価値観に合ったものしか認めたがらない生き物なんだね。よくわかりました。負け惜しみですけどね。あ、さっきもう言ったか。ま、これでいろいろわかったから、次回の出題に活かすよ。今度は出すぎず、引っ込みすぎず、うまく作ります」

〈頭狂人〉は片手をひょいとマスクの横に挙げ、ひらひらと振った。それがさよならの挨拶に見えたのか、〈aXe〉があわてた感じで話しかけた。

「日本みらい大学の伊東研では、すべての波長の可視光を迂回させるメタマテリアルの生成に成功しているのですか？」

「だろうね。あんなものがあったんだから」

「ベイダー卿はその情報をどこから？　伊東研の関係者ですか？」

「さる筋からと言っておこうかな。今回の問題とは直接関係ないから、明かす義務もないし」

「ふざけんな。本当のトリックを明かしやがれ」

〈ザンギャ君〉が威嚇するようにくぐもった声で言う。

「信じるも信じないも自由」

「おい、コロンボちゃん、責任取れよ。オメーが人工なんとか体なんて言い出すから、話がカオスになっちまったんだぞ」

すると数秒の間を置いてテキストウインドウが開いた。

〈出題者が正解判定を出したので、ゲームとしてはこれで終了〉

「はあ？」

〈たとえ真実は別のトリックによる殺害なのだとしても、出題者が透明マントを使ったと主張するのなら、それが正解。なぜならこれは真相究明を目的とした捜査活動で

はなく、ゲームだから。制作者の意図を汲み取り、制作者が用意した結末に向かうのがゲーム〉
「そういうこと。ではごきげんよう」
〈頭狂人〉のウインドウがブラックアウトする。

六月四日

「嘘だろ」

嵯峨島行生は眉を寄せて小さく吐き捨てた。さっきから十回は繰り返している。ほかに言葉がない。

「出題者が認定した。『正解』」

手作りベイダーマスクの三坂健祐が定規を振りおろす。

「嘘だろ」

混乱しているのか、あきれているのか、怒っているのか、嵯峨島は自分でもよくわからない。

「透明マントがお気に召さないのなら透明薬だな。モノケイン」

「そっちもありえない。あるはずがない」

「じゃあ嘘ってことでいいんじゃね？　〈０４４ＡＰＤ〉曰（いわ）く、透明マントは出題者が用意した答ではあるが、それがかならずしも真実であるとはかぎらない」

「だったら真相はどうなんだよって言ってんだよ」

「だから真実はどうだっていいんだって。ゲームとしての答は出たんだから」

「そんなの生殺しで気持ち悪いだろ」

「君は一人称視点（ファーストパーソン）シューティングゲームをプレイしている。目の前に鋼鉄のボディーに改造された中ボスが現われる。君が持っている武器はグロック19とＭ67破片手榴弾（アップル・グレネード）。君はグロックを選択し、超高速で連射する。全弾命中。しかし相手のライフは半分も減らず、反撃を受け、首をへし折られてゲームオーバー。正解は、Ｍ67。これ一発で敵は沈む。現実には、こんな至近距離でＭ67を使えば、自分も爆発に巻き込まれて致命傷を負ってしまう。けれどこれはゲームだ。手榴弾を十センチの距離で使ってもプレイヤーはライフ一つ減らないと制作者が設定したのであれば、その設定は現実の上位に位置することになる。ゲームにおける真実というのは、現実ではなく、制作者の頭の中に存在するのであり、それを見抜くことがゲームを攻略するということなのだよ、嵯峨島君」

「いや、だけど、それはフィクションだから。こっちはゲームにしても、ベースは現実に発生した殺人事件だ。作者が用意した正解がどうあれ、現実はどうだったのか知りたいさ」

「現実の真相究明は警察機関の役目」

「待てないよ。ここまで聞かされといて」

「じゃあ自分で考えることだ」

「三坂は気持ち悪くないのかよ」

「全然。俺は透明マント派」

「嘘つけ。さっきは納得できないようなことをブツブツ言ってたじゃないか」

「おまえが動画を見てる間に納得した。だって、どう考えても、見えない人間が存在していたと解釈するしかない状況じゃないか。常識的な答がお望みなら、常識で考えてひねり出せば？　俺はあきらめた」

そう言われると嵯峨島は一言もない。

しかし、「嘘だろ」と呟きながらパソコンのファイルを開いたり閉じたりしているうちに、ロッカーの存在に気づいた。

「〈頭狂人〉がグラキューブにアップした写真の中に、研究室の隔離区画を写したものがあるよね。被害者とその隣の机が写ってるやつ」

「pic531？」

「それ。その左端にロッカーが写ってるよね。キャビネットの陰になっていて、わかりづらいけど」

「掃除道具入れじゃね？」

「どっちでもいい。犯人はこの中にひそんでいた。幅はかなり狭そうだけど、小柄で痩せていたら入り込めるだろう」

「早朝からここに隠れていたと？」

「そう。ここだったら、溝口のパソコンを見にきた二人にも見つからない。その二人が立ち去ったのち、ロッカーを出て溝口を殺害、ふたたびロッカーに隠れ、その後の混乱に乗じて脱出。これでいいじゃん。透明マントなんて必要ない」

「だーめ」

　三坂は定規を振って、

「鉄アレイは？　溝口を殴るのに使われた鉄アレイは、須藤の机の下から、彼が溝口のパソコンを見にいった間に盗まれている。ロッカーにひそんでいた犯人は、須藤が席を立ったタイミングでロッカーを抜け出し、須藤の机に向かった？　そしたら須藤とバッティングしちゃうぞ。ロッカーは溝口の机のそばにあるんだから」

「そうか……」

嵯峨島は降参するように両手を挙げ、椅子の背もたれに体をあずける。しかしそれでもあきらめきれず、海老反ったままブツブツ呟く。

「ロッカーから出ずに鉄アレイが取れればいいんだよな。あらかじめ須藤の机の下の鉄アレイに紐を結びつけておき、ずーっと延ばしてロッカーに隠れる。紐は床の上を這うことになるけど、ごく細く、床と似た色のものを使えば気づかれない。そして須藤が席を立ったタイミングでロッカーの中から紐を引く。あまり引きすぎると溝口のところにいる三人に気づかれてしまうので、鉄アレイは隔離区画手前くらいでいったん止めておく。そして須藤と湖山が溝口のところから各自の机に戻ったら、ふたたび紐を引いてロッカーの手前まで移動させる。机でパソコンに向かっている溝口の後ろを静かに通過させれば――そんなうまくコントロールできるかよって。須藤の机の下とロッカーが障害物一つない直線上にないかぎり無理無理。

じゃあこういうのは？　鉄アレイをおもちゃのラジコンカーを改造したものに載せ、ロッカーの中から無線操縦する。〈ａＸｅ〉が番衆町ハウスでやったようにウェブカムを搭載しておけば、ロッカーの中にいてもノーパソやスマホでモニターしながら操作できるので、障害物もクリアできる。うーん、けどロッカーの中は狭すぎだろ。モニターしながら操作なんて無理無理。だいたいラジコンはかなり音がでかい。研究室の人間が気づかないわけがない。それ以前に、靴を脱いで鉄アレイに足を載せようとした須藤が気づくって。だめだ、だめ」

嵯峨島は頭を掻きむしる。しかしあきらめきれない。

「無理筋だよ。けど、〈頭狂人〉が、体が軟らかかったら？　ラジコンの達人なのかも。モーターをはじめ、駆動部を静音タイプに改造しておいたら？　でもって須藤は鈍感。

——都合よすぎるよな。でもさ、それでも透明マントよりはずっと現実味があるんじゃないか？」

返事はなかった。三坂は定規を孫の手にして背中を掻いている。

「これ、警察の手に負えるのか？　まあ、〈頭狂人〉を逮捕して、締めあげればいいんだけど。でも、透明マントを使われたら、逮捕しようにも見えないじゃないか。ああ、俺は何を言ってる。透明マントなんか存在しないんだから、見えるんだよ。あー、イライラする。ん？　こうやって一般市民が混乱する様子を楽しんでいるのか？　動画を公開したのはそのため？」

嵯峨島は腕組みをする。

「誰が？」

気のない様子で黙っていた三坂が口を開いた。

「誰って、東堂だよ。二度目だから、〈ご存じより〉と名乗ったんだろう」

「東堂ではなく、〈頭狂人〉の中の人ということはないか？」

「え？」

「前回といい今回といい、どうしてこういう動画をネットに流したのだと思う？　さっきおまえが言ったように、社会を混乱させるため、それを楽しむため、という見方が一般的なのだろうが、実はもっと単純な動機からなのではないか。俺は案外、〈ａＸｅ〉が言ったあれは本音ではなかったのかと思ってる」

　机に片方の肘を突き、三坂は身を乗り出す。

「あれって何だよ」

「今回の動画１の最初の方。密室殺人ゲームの映像をネットに流したのは、広くトリック自慢をしたくなったからと言っている」

「あれは冗談だろ」

「そうだろうか」

三坂はベイダーの面をはずす。

「決まってんじゃん。口調の軽さからいっても」

「本音を語るのが気恥ずかしく、突っ込まれても『なんちゃって』と言い抜けられるよう冗談めかして喋るということは、一般的によくある」

「思いついたトリックの原理を説明するだけじゃないんだぞ。同時に殺人を告白することになる。家族や神父さんにじゃないんだぞ。不特定多数の前で？　ありえない。テレビの生放送中や卒業式で送辞を読んでいる時に、実は昨日父親を殺しましてと言うようなものだぞ。そんな話、聞いたことがない」

「いやいや。飲酒運転に当て逃げ、暴行傷害に万引き、未成年者の飲酒に喫煙、ゲームソフトのコピーに改造——ブログやSNSには、今日も犯罪自慢が書き込まれている」

「ネット上の日記にそういうのを書き込む連中は、ネットが不特定多数とつながっており、その中には教師や警察官もいるということを認識していない。この日記を読んでいるのは友達だけという錯覚をしている」

「一昔前はな。ネットがこれだけ普及した現在、無自覚であろうはずがない」

「いや、だからさ、犯罪行為であるという自覚もないんだよ。小学生が酒を飲むのはまずいけど高校生だったらほとんど大人だからいいじゃん、ゲームのデータを改竄したけど自分で楽しんでるだけだからいいじゃん、と軽く思ってる。そう、彼らが自慢しているのは、たしかに犯罪ではあるけど、軽微で、甘く言えば、やんちゃの範疇だろう。粋がってるだけ。ガムを万引きしたとか体育館の裏でタバコを喫ったとかを学校の帰り道に友達に自慢するのを、ネットに移行させただけだろ」

「そこだよ」

三坂は定規をひゅんと打ちおろす。

「この行為はやんちゃで片づけられるが、こっちの行為は犯罪として重い——その線引きの基準はどこにある？　個人の感覚だよな。一人一人違う。ある者は、酔っぱらって薬局の前からカエルの置物を盗んでいくのはオッケーだけど、その置物を窓に投げつけてガラスを割ってしまうのはまずいと考える。またある者は、ガラスを割ったところまでは許されるが、その破れ目から中に入ってレジを荒らすのはまずいと線を引く。そしてある者は、中に入ってトイレを借り水を飲むくらいいいだろうと思う。どうせ保険をかけているのだろうからと、栄養ドリンクや胃薬を失敬するのに罪悪感を感じない者もいるだろう」

「薬局で残業していた店員を殴り殺し、〈残業代を水増しするために仕事してんじゃねーよw〉とツイートするやつがいると？」

「いるね、絶対にいる。十万百万単位でいるとは言わないが。そんなにいたら嫌すぎる。日本で年間に発生する殺人事件は、たしか千数百件だ。一人で十人殺す者もいるだろうが、複数で一人を殺したケースもあるだろうから、年間の殺人犯の数は殺人発生件数とだいたい同じだろう。その千数百からの加害者全員が、人を殺すという行為は悪いことだと認識していると？　いけないことだと自覚しながらも、やむにやまれぬ事情から、悩みに悩み抜いたすえにナイフを握ったと？　千人もいれば、その中には、台所のゴキブリを駆除するように、自分に不都合な人間を殺すやつがいるさ。まさに千差万別」

ときどき軽口を叩くが、三坂はいつになく真剣な目をしている。

「いや、でも、そうだけど……」

嵯峨島は腕組みをほどき、髪に指を差し入れる。

「端的な例を引けば、テロリストは人を殺したことを自分から新聞社に売り込む」

「東堂たちは思想犯じゃない」

「他者より優越していることを自慢したくなるというのは、人間として自然な心理状態だ。それが暗黒面のことであったとしても」

三坂はベイダーの面を顔に当てる。嵯峨島はふたたび腕組みをしてうーんと唸る。

「いや、でも、そう、人を殺すことに罪の意識がない人間はいるだろう。けど、人を殺したらその先に何が待っているか、それを知らない人間はいない。千人の殺人犯が千人とも知っている」

「罪に問われると？」

「そう。それも一万円の罰金なんて軽いものじゃない。そのあたりは東堂たち五人もしっかり認識している。チャットの端々から窺（うかが）える」

「逮捕されたらな」

「ん？」

「罪に問われるのは、警察に捕まったらの話。捕まらなかったら一円の罰金も科せられない」

「俺は人を殺したとネットで自慢して捕まらないわけがないだろ。冗談で殺人予告しても逮捕されるんだぞ」

「捕まらない自信があるとしたら？」

「やつら、そんな過信をするほど頭が悪いようには見えない」

「現実に東堂竜生はいまだに逮捕されていませんが」

「世間は警察を糾弾しているけど、指名手配されてからまだ二週間だぞ」

「指名手配されても結構逃げ切れるようじゃないか。チャットで〈aXe〉こと東堂竜生が言ってた」

「けど、一生逃亡生活とか、不自由すぎる。海外旅行はできない、免許の更新もできないから車にも乗れない、コンビニに行くのにも人の目が気になる。精神的にまいってしまう。それでメンタルクリニックに行こうにも、健康保険も使えず医療費がバカ高」

「引きこもってネットとゲームをしてりゃいい。ピザも下着もクリック一つで手に入る」

「あのなぁ――」

嵯峨島は何か反論しかけたが、そういう生活も案外悪くないかもしれないと思った。

＊

社会はふたたび騒然となった。

密室殺人ゲームの動画がまたもネット上に出現した。〈頭狂ａＸｅ道全０４４君〉による出井賢一殺しに関する動画のコピーがまたぞろ一般市民によってアップロードされたのではない。新たな殺人ゲームのものだ。それも二件。

いずれも作り話ではなく、五月十八日に東京都板橋区の劇場で女優が絞殺されており、二日後の五月二十日にはつくばみらい市の日本みらい大学で大学院生が刺殺され、両事件とも未解決だった。今回投稿された動画の投稿者名が〈ご存じより〉であったことから、これらも東堂竜生により投稿されたと考えられた。

警察の動きは速かった。動画が投稿された二時間後に削除を要請（その後有志によるコピーの再投稿が繰り返されるのだが）、翌日にはもう動画のアップロード元が突き止められた。

〈ご存じより〉の動画は、神奈川県川崎市多摩区三田三丁目、西三田団地のある世帯から投稿されていた。しかし東堂竜生がここに潜伏していたのではなかった。

当該世帯には七十代の夫婦が二人で住んでおり、部屋にはインターネットへの常時接続環境が整っていた。この老夫婦が東堂のゲーム仲間というわけでも、東堂の依頼を受けて動画を投稿したのでもない。この家庭で使われていた無線LANルーターの電波に第三者が勝手に入り込み、ネット上に動画を送り込んでいた。いわゆる野良電波へのただ乗りである。

〈ご存じより〉の動画六点が動画堂飯店に投稿されたのは六月四日の十三時である。警視庁は神奈川県警の協力をあおぎ、その前後に東堂を見かけなかったか、または屋外や車内でパソコンを操作していた者はいなかったかと、西三田団地ならびに最寄りの小田急線生田駅で徹底した聞き込みを行なった。

また、ネットへの接続記録を解析した結果、ただ乗りした端末のMACアドレスが判明し、そこからたどって端末の機種型番、販路まで突き止めることができた。国内メーカーの軽量ノートパソコンで、大手量販店の東京都内の店舗で二〇〇七年の十一月から二〇〇八年の二月にかけて販売されていた。

しかしながら購入者までは特定できなかった。それに、この先仮に購入者が東堂竜生であると特定できたとしても、それが彼の現在の居所を摑む助けにはならない。東堂が犯人であることの補強材料にしかならないのだ。また、西三田団地近辺の聞き込みも空振りに終わり、行動こそ速かったものの警察は威信を回復することはできず、出井賢一殺しの動画が投稿されたあとすみやかに東堂を逮捕できなかったから第二第三のゲーム殺人が起きたのだと、むしろバッシングが強まった感があった。

　そして、このままでは第四第五のゲーム殺人が実行されると、社会は不安に覆われた。これは劇場型犯罪である、東堂は愉快犯であり、世間が騒然とし、パニックに陥るさまを楽しんでいる、〈ご存じより〉という人を食ったような投稿者名からもそれが窺えると、有識者は語った。

　ところで今回社会が騒然となったのは、犯人や警察だけが原因ではなかった。

動画の中で〈頭狂人〉を名乗る者は、透明マントをまとって溝口日登志の殺害を実行したと告白していた。

　そんなものが現実に存在するわけがないと、世間の多くは笑い飛ばした。〈頭狂人〉はふざけて口にしたにすぎない、または本当の手口を意図的に隠すために。

　しかし、ばかばかしいと笑ったあと、考え込む者もまた多かった。にわかには信じがたいが、そういうものが発明される可能性がないとは言い切れない、科学は進歩を続けている。

捜査当局は日本みらい大学の伊東久英教授に事情説明を求めた。物質工学研究室にはメディアも殺到した。

メタマテリアルの研究は三十年来行なっており、近年その応用例として光学迷彩に注目していたのは事実である。しかし実用化の段階にはとてもなく、光学迷彩については世界中の科学者が積極的に研究しているものの、実用化は次世代以降になるだろう。

伊東教授のコメントの要旨はこのようなものだった。それをメディアは、〈ハリー・ポッターのマントが現実のものに!〉と、おいしい部分を強調して報じた。その結果、未来がやってきたと浮き立つ声、軍事目的に利用されてしまうと懸念する声、戦争以前に日常的に犯罪がやり放題で社会が崩壊してしまうと研究の即時停止を求める声等々、感覚的感情的な言葉が飛び交うことになる。それはちょうど、クローン技術の実用化が表に出てきた時の状況と似ていた。

さらに、伊東教授のコメントが流れた三日後、日本みらい大学の関係者を名乗る者によってインターネットの掲示板に書き込まれた発言が昏迷に拍車をかける。

伊東研では光学迷彩の実用実験に成功している。この実験は伊東教授と側近の数名で行なわれており、伊東研の大半の者は知らない。成功したのに沈黙しているのは、発表のタイミングを計っているからだ。実用化にあたっては法的にも倫理的にも問題があり、また国家予算級の大金が動くことにもなるので、法律家なども交えて慎重に事を進めている。

これを受け伊東教授は、可視光線を曲げる物質の生成にはたしかに成功したと、発言をやや前進させた。しかしそのあとに続けた、現段階では可視光線の特定の波長にしか作用せず、またその物質は不安定であるため、任意の大きさや厚さに成形することと、例えば人体を包むシートに加工することは現在の技術では不可能である、という言葉は添え物程度にしか伝えられなかったため、いよいよＳＦが現実になる時代が来たと、巷（ちまた）の狂騒が拡大した。

否定的な発言をすればするほど、真実を隠そうとしているのだと裏読みされる。透明マントが実在し、それが殺人に利用されたのだとしたら、犯人は研究室の関係者ということになる。部外秘の研究だったのだから。身内から殺人犯を出したくないと、伊東教授は事実を隠そうとしているのだ。案外伊東教授本人が〈頭狂人〉かもしれない。憶測が憶測を呼び、膨らみ、事実と想像の境界が曖昧になっていく。

警察に対する苛立ちと憤り、犯人に対する怒りと怯（おび）え、未知の技術に対する期待と不安、先駆者に対する畏敬と不信――社会はとらえどころのない空気に満ちていた。

そんな折、〈マイビデ王〉という動画共有サービスに、〈吾輩は吾輩である〉の名前で一つの動画が投稿された。

Q3　そして誰もいなかった

六月二十九日

動画は例によってパソコンのモニター全体をキャプチャーしたもので、そこにはAVチャットのウインドウが開いていた。ただしこれまで投稿されたどの動画とも違い、開いているウインドウは一つきりだった。

映っているのは、黄色いモジャモジャ頭に渦巻き模様の眼鏡、青々とした髭剃り跡、よれよれの白衣——〈伴道全教授〉である。アフロの怪人はカメラを気にするように鬘の両脇を軽く押さえつけると、デスクの上に両手を置き、演説でもするように語りはじめた。

「吾輩が逃げたとのたまったのは誰であったか。ザンギャ君殿か？　失敬な！　吾輩は逃げも隠れもしておらん。こうしてわが身をさらしておるのが何よりの証拠だ。

先般の集まりを欠席したのには相応の理由がある。魯鈍な貴殿らにはわかるまい。遡って、五月八日の集まりに欠席したのにも深いわけがある。ここまで暗示してもわかるまい。いずれ明らかになることもあろうから、その時はせいぜい驚くがいい。

やれ脱力だ箸休めだと、みな吾輩の問題を愚弄する。吾輩に代わって脱力問題を出したなど、失礼千万であるぞ、ベイダー卿殿。愚鈍を装っているだけだというのに、おめでたいことだ。年長者の心配りで引き立て役に徹していると、それさえ見抜けず名探偵を気取っておる無知蒙昧の徒よ、憐れなり。

そう言葉を重ねたところで、口だけ大将と笑われるのが落ちなので、実践で示す決意をした。吾輩の真の力をしかと見届けるがいい。

どんな問題か？　ふむ。機械じかけの密室、陸と空を股にかけたアリバイ偽装、数秘術を駆使した暗号、全米五十州で展開するミッシングリンク――ストックは両手に余るが、今回はそうだな、ベイダー卿殿が〈見えない人〉を二態披露したこともあるので、吾輩も〈見えない人〉で勝負しようか。そのほうが双方の力量がよくわかるというものだ。音声トリックのような色褪せたものではなく、さりとて透明マントのように進みすぎてもおらず、中庸で、それでいて驚きに満ちた。鋭意準備中なので、しばし待たれい。

年寄りをなめてはいかんぞ。柔軟さは失っても、それを補って余りある経験の蓄積がある。

その昔、ザ・ビートルズという英国の大衆音楽集団があってな、世界中でそりゃもう大人気で、婦女子などは絶叫した挙げ句失神してしまうという魔術的な魅力を持っておった。そのスーパーグループが極東の島国にやってきたのは一九六六年のこと。

当時吾輩は学校に通っている坊ちゃんで——小学生か大学生かは想像におまかせする——、周りには、やれジョンだポールだと騒いでおる者がちらほらおったが、吾輩は彼らの音楽にも容姿にもたいして興味がなかった。なのに伝説の日本公演の目撃者となる栄誉に浴したのは、叔母という人がいたからにほかならない。彼女は非常に流行に敏い人で、女だてらにハンドルを握り、美空ひばりより一年早くミニスカートを穿いていた。ビートルズに関しても、わが国でレコードが発売される前から極東放送で聴いており、日本公演の入場券もつてを頼って早々に二枚確保しておって、今は興味がなくても体験しておけばかならず将来の宝になるからと、かわいい甥っ子を連れていってくれたという次第。前々年の東京オリンピックも同じように連れていってくれたものだ。しかし実のところは、そもそも一緒に行く予定だった殿方と別れてしまい、券が一枚浮いてしまったから——といったところなのであろうな。ヤフオクなどなかった時代である。

ビートルズが日本に降り立ったのは六月二十九日の未明で、公演は翌三十日から三日間にわたって日本武道館で五回行なわれたのだが、吾輩が見たのは七月一日の昼の部だ。当時は超大物であっても、一日二公演というのが、世界的に珍しくなかった。三日間で五回演奏を行ない、最終公演の翌朝には香港経由でフィリピンのマニラに飛び、翌日には彼の地で昼夜二公演を行なっているのだから、『ハード・デイズ・ナイト』と歌いたくもなろうというものだ。

当時吾輩は大阪近郊に住んでおり、東京へは夜行列車でやってきた。学校は親戚の法事という理由で休んだ。ハワイに家族旅行に行くからとしれっと言っても許される今の時代とは違う。吾輩の親は進取の気性に富んでおったといえよう。

東京駅の丸の内口近くから都電に乗り、九段下の電停で降りると、田安門に続く狭い歩道には、二時の開演までまだずいぶん間があるというのに早くも人がひしめき合っており、梅雨時の湿気も相まって、息苦しいほどであった。

しかし外にはあれだけ人が並んでいたというのに、場内は案外がらんとしており、ステージは真っ暗で、すでに催し物は終わってしまったのではないかと不安な気持ちにさせられたものだ。けれど客席が徐々に埋まっていき、開演後に席を立ったら退場させる旨のアナウンスが繰り返され、通路に制服の警察官が姿を見せ、前座の演奏が始まると、たいして興味なく連れられてきたにもかかわらず、胸の高鳴りが抑えきれなくなった。

そしてついに英国の青年四人がステージに立ったのだが、そこで何が行なわれたのか、吾輩の記憶にはほとんど残っておらん。席が二階の上の方で、ステージ上の人間はマッチ棒のようであった。姿が見えなければ、演奏も聞こえやせん。音響装置もお粗末だったのだろうが、なにしろそこここで悲鳴のような絶叫があがるのだからな。恥ずかしながら、わが叔母君もその一人であった。今もはっきり憶えているのは、ステージ後方で瞬いていた〈THE BEATLES〉の電飾だけだ。

わけのわからぬまま演目が進行し、気がついたら曇り空の下に吐き出されていた。初詣での行列の中でもみくちゃになり、拝みも賽銭を投げることもかなわぬまま拝殿から押し出されたような感じだった。時間もそんなものだっただろう。

その晩、吾輩が見た昼の公演がテレビで録画放送された。しかし吾輩は西下する電車の中におり、視聴することはかなわなかった。ワンセグ携帯などないからな。

週が明けて登校すると、音楽好きたちの興奮はまだ続いていた。曰く、ポールが日本語を喋ってた、ジョージがマイクに届かず背伸びしてた、リンゴって叩きながら歌うんだ、グレーのジャケットがいかしてた——。

成る程そうであったのかと吾輩は感心し、次にうらやましく思い、そして不条理さに虚脱した。現場にいた吾輩よりテレビ桟敷のお主らが微細にいたるまで認識できているというのはどういうことなのか。家庭用の録画機器が存在しておれば、ここまで無念を感ずることもなかったのだろうが。

しかし吾輩は思うのだ。吾輩が武道館で感じた胸の高鳴りは、テレビ桟敷では決して感じえなかった種類のものではないのかと。あの熱気、匂い、鼓膜の痛み、足下から突きあげてくる震動——それはあの日あの時日本武道館にいた者だけが享受することを許された特権であり、あの場にいなかった者は、どんな大型テレビとハイファイ再生装置をもってしても、吾輩と同じ心地を得ることはかなわないのである。

諸君、生だよ、生、ライブ。音楽にかぎらず、演劇も演説も運動競技も、生に勝るものはない。なぜ9・11があれほどの衝撃をもって世界中を駆けめぐったのかといえば、映像がリアルタイムで目撃されたからにほかならない。

ところで、伝説の目撃者となったことはこのうえない光栄で、その後機会があるたびに自慢の種とさせてもらい、時にはいい思いもさせてもらったのだが、吾輩の人生を変えたのは、実はビートルズのあとについてきたおまけにあったのであると、今ここではじめて打ち明ける。

公演終了後、当初は九段下から都電に乗ろうと考えておったのだが、電停があまりに混雑しておったので、吾輩は叔母に連れられて、大通りを軌道に沿ってまっすぐ歩いていった。一斗缶や古タイヤの浮かんだ黒い川を渡り、電停をもう一つ通り過ぎ、大きな交差点を渡ると、不思議な街並みが眼前に開けた。本屋があり、次の店を覗くと本屋で、そのまた隣も本屋で、通りの片側に本屋がはてしなく続いていた。これが噂に聞く神田神保町の古書店街か。そして運命の出会いがあるのである。

一軒の小さな古書店の店先に柳行李（やなぎごうり）が二つ置かれていた。行李には〈十円均一〉の札が下がり、中には日に焼けた文庫本やカバーの取れた単行本が乱雑に詰め込まれていた。一冊などは、不作法な客により、開いた状態で歩道に落ちていた。

吾輩はその一冊を拾いあげると、カバーの汚れをはたき落として行李の中に戻そうとしたのだが、ちょうど開いていたページに目がいき、柱の八文字に釘付けになった。柱というのは、余白部分にページ番号（ノンブル）と並んで刷られた書名や章名のことであるぞ。

『十三号独房の問題』――なんと魅力的な作品名であろう。吾輩はポケットの十円でその文庫本、江戸川乱歩（えどがわらんぽ）編纂（へんさん）による『世界短編傑作集1』を買い求め、帰りの電車の中でウィルキー・コリンズの『人を呪わば』から読み始めたのだが、六編目の『十三号独房の問題』に達した頃には、ビートルズのことなど頭の中からすっかり消し飛んでいた。

吾輩のミステリー史はここに始まっておる。半世紀近い経歴だ。団塊ジュニアや平成生まれの小娘とは格が違う。本気で推理したら連戦連勝でしらけてしまうと道化師に徹しておったのだ。

が、そろそろ年寄りにスポットライトが当たってもよかろう。諸君、乾坤一擲(けんこんいってき)の次問をその目でしかと見届けよ。その日まで、しばしのお別れだ」

〈伴道全教授〉は人さし指と中指で敬礼するようにして見得を切った。そして画面が暗転する。

嵯峨島行生は額に手を当てて視線を落とした。

「諸君」というのは、〈aXe〉ら仲間に対する人称なのだろうか。それともこの動画を視聴している不特定多数に向けてのものなのだろうか。これを投稿したのは〈伴道全教授〉自身なのか。それとも逃走中の東堂竜生？　〈伴道全教授〉だとしたら、どうして自分から表に出てきたのか。たんなる負けず嫌い？

疑問や、疑問の形になっていない違和感はほかにもあったが、とりあえずワンクッション置こうと嵯峨島は、動画を閉じるべくマウスに手をかけた。

不意に画面が明るさを取り戻した。

〈伴道全教授〉の顔が大写しになっていた。さっきまでよりかなり前に迫(せ)り出し、アフロへアの半分はフレームからはみ出してしまっている。

「せっかちに停止ボタンを押さなかった貴殿にはご褒美を」

〈伴道全教授〉は内緒話をするように口の横に手を立てた。

「ヒント。ゲームはとうの昔に始まっておるぞ」

画面はそこで暗転し、動画は今度こそ再生を終えた。

JOIX-TV（七月一日　十四時）

〈伴道全教授〉の語りで幕を開ける。

「これをご覧になっているということは、暗号を解読したということであるな。よろしい、第一関門突破だ。偶然ここにたどり着くことも可能ではあるが、しかし相応の運がなければ難しかろうから、そういう御仁も合格としよう。マークシートの試験で、蛍雪の功で確信を持って正解を塗り潰そうが、鉛筆を転がしてたまたま正解を塗り潰そうが、価値は同じ、苦労や努力をしたから点数が上ということはないからな」

「おい」

この不機嫌そうな声は〈ザンギャ君〉。

「しかしどちらの道からやってきたとしても、『おめでとう』とは言わんぞ。とりあえずゲーム本編に参加する資格を得ただけで、名探偵の称号が得られるかどうかは、貴殿のこの先の活躍にかかっておる」

「おい、オッサン。オメー、誰に向けて喋ってんだ」

「はて」

「とぼけんじゃねえよ。これもあとでどっかの共有サービスにアップしようって魂胆なんだろ」

「それはない」

「嘘こけ。今の前説は何だよ。誰に向かって語りかけた。この間のマイビデ王の動画を見たリピーターにだろうが。だいたいこの間のあれは何だ。何で表の世界に出ていくんだよ。ヤバいだろうが」

「吾輩のキャラクターが誤解されているようなので、憤慨して、つい」

〈伴道全教授〉は頭を掻く。

「見ず知らずのやつらにどう思われようがかまわねえだろ。こっちにもとばっちりがかかるんだぞ。勝手なことすんな」

「断じて投稿せんと誓う」

〈伴道全教授〉は胸の前に拳を置く。

「泡沫候補の政見放送みたいなのも二度とすんなよ」

「泡沫候補！　言い得て妙ですね」

〈aXe〉のところから手を叩く音がする。

「オメーもだ。なんでまた投稿しやがった」

「ワタクシが何か？」

「とぼけんな。ベイダー卿の出題回の動画だよ。指名手配犯の自覚があんのか？」

「あれは私」

「ぁあん？」

名乗り出たのは〈頭狂人〉だった。

「ちょっと自慢したくなって」

「あんだと？　斧野郎がアップした時、批判してたのは誰だよ」

「うん、あの時はたしかにムカついた。でも自慢したくなっちゃったんだよ。なにしろ前例のないトリックだし」

「どいつもこいつも！　オメーら、どういう料簡(りょうけん)だ」

「申し、ザンギャ君殿」

〈伴道全教授〉が手をかざすように突き出した。

「叱責はいくらでも受けよう。が、あとにしてくれんか。愚図愚図しておると標的が密室を出ていってしまう」

「ターゲットてのは、そこで寝転がってるオッサンのことか？」

「いかにも」

　パソコンのディスプレイの中にウェブカムの映像が複数映し出されている。〈伴道全教授〉、〈aXe〉、〈ザンギャ君〉、〈頭狂人〉、〈044APD〉——五つのウインドウにはいつものキャラクターが映っている。これまでの集まりでは最大でもこの五つだったが、この日はこれに加えて第六のウインドウが開いている。タイトルは〈X〉となっている。

〈X〉のウインドウには浴衣姿の男が映っている。小柄で小太りの男だ。男は畳の上に横になり、片手で頭を支えてテレビを見ている。カメラはその全身を斜め上方からとらえている。

〈伴道全教授〉が説明をする。

「過去の問題においては、解答者である四人は後追いでしか情報を得ておらんかった。出題者により説明を受け、それに独自の調査を交え、推理をする。そのため解答者は、出題者は実は重要な情報を隠しているのではという疑心暗鬼を大なり小なり生じさせておったものだ。

しかるに今回の問題は違うぞ。出題者である吾輩が殺害を実行する現場に、解答者である貴殿らを招いた。吾輩の一挙手一投足をその目で直に見てもらおうという趣向だ。どうだね、今まで誰もやらなかった試みだ」

「ワタクシも殺害の瞬間をリアルタイムでお見せしましたが」

〈aXe〉が言った。

「名古屋の車内からチャットに参加した時であるな。たしかにあのチャットの最中にかけた一本の電話が引き金になってはいるが、しかし被害者がおった部屋はリアルタイムでは見せておらん。防犯カメラの映像を静止画としたものを後日配布しておるが、肝腎の殺害発生時のもの――高床式の畳に寝ていた男が起きあがって天井に頭を打ちつけ、書物の柱が崩れる様子――は間引いとった。これは出題者の都合により見せられなかったのであり、ある意味不正である」

「それを見せたらトリックが丸わかりで問題として成立しないじゃないですか。これはいわゆるアンフェアにはあたりません」

「ところが吾輩は、そこまでも見せて進ぜようと言っておるのだよ。それも、アクス殿がやったようなカメラを通じた映像ではない。現場であるこの建物をその目で見てもらう。諸君が直に見張っている密室状態の部屋に侵入し、Ｘを殺害、密室を脱出しようというのだ。完全なガラス張り状態での密室殺人なのである」

「簡単すぎだろ。ガラスを割って入りゃいい」

と〈ザンギャ君〉。

「身も蓋もないことを。ガラスには罅一つ入れずに出入りするのだ。超魔術もイリュージョンもものかは」

「だからマリックさんみたいなグラサンしてんのか」

〈伴道全教授〉は例によって黄色いアフロの鬘をかぶり、よれよれの白衣を着ていたが、眼鏡だけがいつものグルグル渦巻きのおもちゃではなく、ゴーグルタイプのものに変わっていた。レンズ部分は真っ黒で、左右がスリット状につながっている。

「吾輩としてはスコット・サマーズのイメージなのだが」

〈Ｘ〉

〈０４４ＡＰＤ〉が一文字打ってよこした。

「左様、Ｘメンのイケメン・リーダー、スコット・サマーズ、通称サイクロップス。このバイザーはルビー・クオーツ・レンズでできておる」

「むしろデラックスファイター」

　これは〈頭狂人〉。

「失敬な」

〈X違い〉

「うん？　や！」

〈X〉のウインドウに映っていた男が立ちあがっていた。壁まで歩み、長押（なげし）のハンガーに掛かっているジャケットに手をかけた。

「いかん。出かけたら殺せん」

　しかし男の目的はジャケットのポケットの中にあった。タバコとライターを取り出すと、一本くわえて火を点けてから、また畳に横になった。〈伴道全教授〉はふうと額をぬぐう。

「本当に出かけられる前にやってしまおう。諸君、本日は遠路はるばるご苦労であった。しかも、詳細は現地でとしか言わなかったのに、根問い葉問いせず、一人も欠けることなくこうして集まってくれたのだから、感謝の念に堪えない。そういえばこうやって顔を合わせるのは今回がはじめてであったな。お？　はからずもオフ会となったわけか。このあと一献（いっこん）傾けながら推理合戦というのも一興であるな」

「その前に殺さないと話にならねーっつーの。つか、時間を浪費してるのはオメー自身だ」

〈ザンギャ君〉が珍しく的確なツッコミを入れる。

「貴殿らにはすでに所定の位置についてもらっておる。互いの姿が見えないから把握できておらんと思うが、Xがいる部屋に通じる道を、貴殿ら四人で封鎖している形になっておる。全体図は〈バンドル・フォト〉に〈スコット・サマーズ〉の名前で投稿してあるから、のちほど推理する際に参考にしてくれたまえ」

バンドル・フォトは画像の共有サービスで、〈スコット・サマーズ〉で一つのファイルがアップロードされていた。フリーハンドによる建物の平面図だ。

直線状の廊下があり、その片側に、ほぼ同じ広さの部屋が五つ並んでいる。廊下の両端には扉があり、外と通じている。片方が玄関で、片方が非常口。玄関に一番近い部屋の前の廊下には、上階に続く階段の口がある。五つのうち真ん中の部屋に〈X〉と書かれている。

玄関の外には〈ザンギャ君〉、非常口の外には〈頭狂人〉、真ん中の部屋の窓の外には〈aXe〉、階段の踊り場には〈044APD〉と記されている。現在その位置についているということか。

「これから吾輩はXを殺しにまいる。諸君は、吾輩の姿を見つけたら、吾輩を捕まえてくれ。往路でも復路でもいい、吾輩を捕まえたらその時点でゲームオーバー、吾輩の負けだ。もし捕まることなく殺害を達成し、なおかつこの建物から脱出できたなら、吾輩の勝ち」

「鬼ごっこかよ」

「左様。密室殺人と鬼ごっこの掛け合わせ、今風に言うならハイブリッドであるな。一対四であり、かつ鬼の側には、入る時、出る時の二回捕まえる機会があるのだから、吾輩のほうが圧倒的に不利であることは言うまでもない。では、まいるといたそう」

「待った。答えていい？」

そう止めたのは〈頭狂人〉である。そして返事を待たずに続けた。

「トリックがわかっちゃったんだな。教授はすでにXがいる部屋の押し入れにでも隠れている。なので密室に入っていくところを私たちは絶対に捕まえられない。殺害後はそのまま室内にとどまる。なので私たちはそれも捕まえられない。ファイナルアンサー？　ファイナルアンサー。正解！」

「なに一人芝居しておる。吾輩はお天道様（てんとうさま）の下だ」

〈伴道全教授〉の手がにゅっと伸びたかと思うと、そのウインドウの映像だけが激しく揺れた。揺れが収まった時、映像は、アフロの怪人ではなく、木造の建物の茶色い壁と、その横の松の木を映し出していた。カメラの向きを変えたらしい。

「吾輩は現在屋外におる。具体的な場所を明かすのは差し控える。先回りして捕まえられてしまうからな。では今度こそ、いざ出陣。諸君の武運を祈る」

カメラの向きがまた変わり、レンズが斜め下方、〈伴道全教授〉の足下を映すようになった。白衣の下から伸びるのはオリーブグリーンのカーゴパンツで、靴は茶系統のトレッキングシューズである。その二本の脚が、土、砂利（じゃり）、玉砂利、飛び石の上を歩いていく。

一分ほど足下の映像が続いたのち、レンズが上向きになった。画面には天井や壁、ドアが映っている。建物の内部のようだ。

「先ほど吾輩は屋外におった。今はこうして屋内におる。ここは図面の建物の中だぞ。どうした？　誰も吾輩を捕まえられんかったな。見えなかったか？　そう、この問題はベイダー卿に対抗して〈見えない人〉が主題でもあるのだよ。オプティック・ブラストで壁を壊して侵入したのであろうか」

「寒いぞ。おら、さっさと殺しやがれ。帰りに捕まえてやる」

と〈ザンギャ君〉。

「あとで吠え面（づら）かくなよ」

「何だとぉ？」

「何でもありません」

〈伴道全教授〉が前進する。左手に映るドアが、一つ、二つと後方に消え去り、三つ目のドアの横に達すると、そこで歩みが止まった。映像が左に回転する。ドアが真っ正面に映し出される。

画面に白衣の左手がにゅっと現われる。軽く握った拳でドアをノックする。

〈X〉の画面の中で男が体を起こした。

〈伴道全教授〉の画面では、もう一度ノックが行なわれる。

〈X〉の画面で男が立ちあがり、浴衣の襟を整えながら右方向に歩いていき、そのままフレームアウトする。

〈伴道全教授〉の画面に映るドアが外側に開く。白衣の左手がドアの端を摑み、勢いよく引く。ドアの隙間に白衣の体が躍り込む。

浴衣の男が正面に映し出される。驚いているのか竦（すく）んでいるのか、口が半開きで、棒のように立っている。

白衣の左手が浴衣の肩を摑み、右手が首筋に振りおろされる。次の瞬間、浴衣の男はうぐっと妙な声をあげ、その場に尻から崩れ落ちた。手足が痙攣（けいれん）するように動いている。

「え？　何？　死んだ？　刺したの？」

〈頭狂人〉が言った。

「スタンガンでは？」

〈ａＸｅ〉が言う。

白衣の両手が倒れた男の両手首を摑み、彼の体を引きずっていく。

その様子が〈Ｘ〉の画面にも映し出される。アフロの怪人が画面の外から現われ、浴衣の男を中腰で引きずってくる。画面の真ん中あたりまで達すると、〈伴道全教授〉は男から手を放した。

「怪しい」

〈ザンギャ君〉が言った。

「最初にこの部屋から出ていった男と、スタンガンで倒して引きずってきた男は、別人じゃねーのか？　〈Ｘ〉の画面から人がいなくなったあと、〈伴道全教授〉の画面に人の姿が現われるまで、何秒か間があったよな。この間にカメラの死角で入れ替わった」

「そういう入れ替わりは可能ですけど、それが密室トリックとどう関係するのです?」

〈aXe〉が突っ込む。

「それはオメー……、とりあえず怪しい点を指摘したんだよ。推理小説を読む時も、ここは伏線っぽいと感じたら、鉛筆でチェックを入れたり付箋を貼ったりするだろ」

〈ザンギャ君〉はふてくされたように言って口を閉ざす。

そのやりとりの間に部屋の中で動きがあった。〈伴道全教授〉の右手に鋭く光るものが握られている。細身のナイフだ。〈伴道全教授〉が浴衣の男の脇にかがみ込む。左手で男の肩口を押さえつけ、右膝で男の頭を向こう側に押しやる。浴衣がめくれ、首筋があらわになる。この一連の流れは、〈X〉と〈伴道全教授〉、両方のウインドウに映っていた。前者が斜め上からの全体像で、後者が浴衣の男を近くからとらえたものである。

〈伴道全教授〉がナイフを握り直す。刃先を男の首筋に近づけていく。

その時、ドカンドタンダダンと騒々しい音が鳴り響いた。

〈伴道全教授〉の画面が激しく乱れた。浴衣の男の姿が見えなくなり、壁、畳、天井、窓、座卓が、縦に横に斜めに現われては消える。地震の最中の映像を見ているかのようだ。

〈Ｘ〉の映像は乱れることなく、部屋の様子を斜め上方から映している。室内には人が増えていた。白衣の〈伴道全教授〉と浴衣の男のほかに、もう二人いた。一人は〈伴道全教授〉の下半身に組みつき、もう一人は、仰向けになった〈伴道全教授〉の手首を踏みつけている。

嵯峨島行生は驚き、混乱もし、われ知らず椅子から立ちあがっていたが、しかしすぐに、これは鬼ごっこでもあったのだと思い直した。新たに登場した二人は密室殺人ゲームのメンバーなのだ。〈伴道全教授〉を捕まえにきたのだ。嵯峨島は腰をおろし、ふたたび生中継の映像に注目する。

新しくやってきた二人は、いずれも若い男だった。〈伴道全教授〉の下半身に組みついているほうは小柄ながらがっしりした体つきで、もう一人は細身で手足が長く、運動選手を思わせるぴっちりしたシャツとタイツを着用している。

小柄なほうが〈ザンギャ君〉ではないか。豆タンクのような体つきがカミツキガメを思わせる。細いほうは〈頭狂人〉か〈ａＸｅ〉。〈０４４ＡＰＤ〉はこういうアクションはしそうにない。いや、〈頭狂人〉と〈ａＸｅ〉はマスクマンだ。新しく入ってきた二人はいずれもマスクをしていない。ということは、この二人は〈頭狂人〉と〈aXe〉ではない。〈ザンギャ君〉と〈044APD〉ということになる。いや、そうと決めつけることはできないぞ。動くのに不自由なので、マスクを脱ぎ捨ててきたのかもしれない。

しばらくの間そういう勝手な想像をめぐらせていた嵯峨島だったが、徐々に妙な気分に支配されだした。

鬼ごっこなのだから、捕まえたらそこで終わりではないのか。捕まえるというのも、タッチでいいはずだ。なのに小柄な男はいつまでも下半身にしがみついている。細身のほうは、手首を踏みつけ、ナイフを遠くに蹴飛ばしたのち、浴衣の紐で〈伴道全教授〉の両手首を縛りつけた。そのあといったん〈X〉の画面の外に消えてタオルを手にして戻ってくると、それで〈伴道全教授〉の両足首を縛りつけた。小柄なほうはポジションを移し、〈伴道全教授〉の胴体に横四方固めのような体勢で組みついた。もはや逃げようがなくなっても、〈伴道全教授〉の口から降参の言葉は出てこない。二人から勝利宣言も聞かれない。

嵯峨島が妙に思ったことはもう一つある。〈伴道全教授〉が浴衣の男をスタンガンで倒したあとは、〈伴道全教授〉と〈X〉のウインドウにばかり目が行っていたのだが、ふとほかのウインドウを見てみると、〈伴道全教授〉が捕まる前と少しも変わらない状態なのだ。〈頭狂人〉のウインドウにはベイダーマスクが、〈aXe〉にはジェイソンマスクが、〈ザンギャ君〉には水槽の中のカミツキガメが、〈044APD〉には人の上半身のシルエットが映っている。誰も〈伴道全教授〉を捕まえにいっていない？　だとしたら、今〈X〉に映っている二人の男はいったい？

考えをいくらもめぐらせられないうちに〈X〉の映像が急変した。

ざわつくような音がして、また新たな登場人物が加わった。今度は五人入ってきた。全員が男だ。うち二人は制服を着ていた。濃紺のズボンと帽子、水色のシャツ――警備員か、そうでなければ警察官に見えた。

五人が入ってくると、先の二人は〈伴道全教授〉から離れた。制服の二人が〈伴道全教授〉の縛めをほどき、代わりに手錠がはめられた。

「殺人未遂の現行犯で逮捕する」

〈伴道全教授〉は体を起こされる。アフロの鬘が引き剝がされ、ゴーグルが取り去られる。私服の一人が言う。

「東堂竜生、おまえには出井賢一さんの殺害ならびに死体遺棄容疑もかかっている」

七月一日

密室殺人ゲームの生中継が行なわれることは、マイビデ王の動画で暗に予告されていた。件の動画は中間部において、場違いな昔話が展開されていた。不自然な場所を調べてみるのが探し物の鉄則である。

〈伴道全教授〉はライブの体験を語り、音楽にかぎらず、生に勝るものはないと強調していた。これが生中継のサインだった。

では生中継はいつ行なわれるのか。動画の中には複数の日付が出てきたが、文脈の中で一番重要なのは、〈伴道全教授〉がビートルズを見たという七月一日。その日は昼夜二公演が行なわれたのだが、〈伴道全教授〉が見たのは昼の部で、その開演時刻は午後二時だった。したがって生中継の開始は七月一日の午後二時ではないのか。

その生中継はどこで見ることができるのか。一連のゲームがネットをベースに行なわれてきたことをふまえると、生中継もネットでのライブストリーミングだろう。

ライブストリーミングを行なっているサービスは世界中に何千と存在する。生中継をするといっても特別な技能や設備は必要なく、一般に流通しているパソコンやスマートフォンで行なえる手軽さなので、チャンネルの総数は何十万にもおよぶ。

七月一日の午後二時に適当なチャンネルを覗き、密室殺人ゲームの生中継に遭遇する可能性はゼロではないが、宝くじに当たるようなものだ。といって、すべてのサービスとチャンネルをリストアップし、順にチェックしていたのでは、探し当てるまでに中継が終わってしまう。

サービスとチャンネルを絞り込む手がかりも、件の動画の中に隠されていた。

ビートルズは日本公演終了後、香港経由でフィリピンのマニラに向かったと〈伴道全教授〉は説明した。これは、生中継の経由地が香港であると告げていたのだ。すなわち、香港に拠点を置くライブストリーミング・サービスである。

チャンネルは、もう少しひねりが入っている。ビートルズ日本公演の七月一日昼の部は、当日の夜、テレビで録画放送された。中継録画を制作したのは日本テレビ。コールサインはＪＯＡＸ－ＴＶ。

以上を読み解いた嵯峨島は、香港のライブストリーミング・サービスを一つ一つあたり、〈ＪＯＡＸ－ＴＶ〉という登録チャンネルはないか検索した。香港だけでも何十というサービスがあったが、全世界を対象とするのに較べたらはるかに楽な作業である。

ところがJOAX－TVというチャンネルは見つからなかった。これは引っかけだったのだ。正解はJOIX－TV。昔話の中の〈伴道全教授〉は大阪に住んでいたということだったので、ビートルズの日本公演を大阪で放送した局、讀賣テレビのコールサインなのである。

嵯峨島は気づかなかったが、ヒントはもう一つ仕込まれていた。生中継に使われた香港のライブストリーミング・サービスは〈CELL　TV〉という名称だった。これは『十三号独房の問題(The Problem of Cell 13)』から導き出すことができるようになっていた。

そして七月一日午後二時、CELL　TVのチャンネルJOIX－TVに〈伴道全教授〉の姿が映し出され、密室殺人ゲームの生中継が始まった。

ところで、嵯峨島はマイビデ王の動画に隠されたメッセージを読み解くことをゲームとして楽しんでいたので、三坂と相談したり、ネットの情報を見たりはしなかった。謎解きは、ああでもないこうでもないと苦労するその過程におもしろみがあるのであり、答さえわかればいいというものではない、というのが彼の持論である。

しかし世の中の大半は答を得ることを最重要とする。一人で考えて行き詰まれば他人に尋ねてみる。グループで話し合う。今の世の中ならネットで情報を発信し合う。三人寄れば文殊(もんじゅ)の知恵である。巨大な集団(クラウド)は嵯峨島より何時間も早くに暗号を解読していた。

そして集団というのは、様々な価値観の集合体である。〈伴道全教授〉の謎かけを解き明かし、密室殺人ゲームの生中継というものを見てみたいと、たんなる野次馬根性でいる者がいれば、そういう反社会的な行為は断じて阻止しなければならないと義憤に駆られている者もいる。後者の中には警察への通報を行なう者もいる。

しかし警察の腰は重い。警察にかぎらず、組織が動くには手続きが必要だ。また、直接的な犯罪予告ではなく、裏読みして現われるメッセージという点が、警察の出足を鈍らせた。サーバーが海外であるため、日本の警察の力がおよばないということもあった。

反対に、己の興味でかかわっている者のフットワークは軽い。生中継の現場を突き止めたのも、殺人を未然に防いだのも、警察ではなく、一般市民だった。

密室殺人ゲームの生中継は、ＣＥＬＬ　ＴＶのＪＯＩＸ－ＴＶで七月一日の午後二時に始まったが、同チャンネルではそれ以前にも映像を送り出していた。本番に向けてのカメラテストで、六月三十日の夜から七月一日の早朝にかけて三度、いずれも五分程度と短いものだったのだが、暗号解読後ずっとＪＯＩＸ－ＴＶを監視していた者がおり、その者はカメラテストの映像をリアルタイムで見たのと同時に録画もし、Ｓ

NSにアップロードした。するとその情報がネットワーク全体に広まり、短時間のうちにレスポンスがあった。一瞬映る山が富士山に見えるというのだ。するとその発言もネットワークに伝播し、次々と新しい情報を生む。山梨側から見える富士山のようだ、庭に見憶えがある、旅館っぽい——。そして、現役の放送技術者を自称する者が、壁の貼り紙やタオルのピンボケ映像を高機能画像解析ソフトで処理し、山梨県石和温泉のG旅館ではないかとの結論に達する。

ここまで進んだのが、七月一日の午過ぎ。当然、警察への情報提供も行なわれた。しかしこの段階でも警察は即座には動かなかった。

一方ネットの住民は、ここでも出足が速かった。富士山らしき山が映っているという漠然とした情報しかなかった段階で、東京から西に移動を始めた物好きもいた。その大半が野次馬であり、生中継の生中継をしてやろうというハイエナのような者もいた。

その中にあり、警察が間に合わないかもしれないので、その場合は自分の手で止めてやると使命感から動いていたのが、〈伴道全教授〉を組み伏せた二人である。彼らの働きにより、浴衣の男Xは一命を取り留めた。Xは東京からの旅行者で、温泉と渓流釣りを目的に、三日前から一週間の予定でG旅館の別館の一室に滞在していた。

それから遅れること十五分、山梨県警の一隊が到着し、東堂竜生の身柄を確保した。午後二時に生中継が始まり、ようやく出動したという。
〈伴道全教授〉の恰好をしていた東堂竜生は白衣の下にデイパックを背負っており、中にはノートパソコンとモバイルＷｉ－Ｆｉ(ワイファイ)ルーターが入っていた。耳にはレシーバーと一体化した小型ビデオカメラを補聴器のようにクリップしており、それで撮影したものをＢｌｕｅｔｏｏｔｈ(ブルートゥース)で背中のパソコンに飛ばし、ＡＶチャットを行なっていた。

Ｇ旅館で捕まえられたのは東堂竜生だけだった。別館の玄関、非常口、庭、階段の踊り場の四か所に、パソコンやスマートフォンが放置されていたが、どの場所にも人の姿はなかった。

人はいなかったが、キャラクターは存在した。

玄関の外の灯籠(とうろう)の陰に置かれたノートパソコンにはウェブカムが内蔵されており、そのレンズの先には透明なアクリル製の水槽があり、中の石の上ではカミツキガメが甲羅干ししていた。

非常口の外に置かれたスマートフォンのレンズの先には、ダース・ベイダーのマスクをかぶせられた人体のバストアップのマネキンがあった。

Xの部屋の窓の外に置かれたスマートフォンの前にもバストアップのマネキンがあり、ジェイソンのマスクをかぶせられていた。

マネキンは階段の踊り場にもあり、こちらは鬘とシャツで飾られていた。それをスマートフォンのカメラがとらえていたのだが、レンズにはパラフィン紙が貼られ、映りがぼけるよう細工されていた。

また、〈X〉の部屋の長押には、カメラが部屋全体をとらえるようにスマートフォンが隠されていた。

東堂竜生は山城幸太という偽名で四日前からG旅館の本館に投宿していた。東堂の逮捕時、無人の部屋に置かれたノートパソコンの画面には、AVチャットのウインドウが六つ開いていた。〈伴道全教授〉、〈aXe〉、〈頭狂人〉、〈ザンギャ君〉、〈044APD〉、〈X〉——その画面全体をリアルタイムでCELL TVのサーバーに送り、JOIX‐TVのチャンネルでライブストリーミングするよう設定されていた。

♣

七月一日に殺人未遂の容疑で現行犯逮捕された東堂竜生は、山梨県警笛吹（ふえふき）警察署で二日間取り調べを受けたのち、東京の新宿警察署に移送され、出井賢一殺害ならびに死体遺棄容疑で再逮捕、同事件の取り調べが始まった。

その後、本能寺ハルカこと田中厚子、溝口日登志の殺害容疑でも逮捕されることになるのだが、まだ出井賢一の事件での取り調べが続いていた七月十日、一つの衝撃がネットを駆けめぐった。

勾留中の東堂竜生がネットに降臨したのである。

A&Q　予約された出題の記録

カメラは東堂竜生の胸から上を映していた。彼はマスクも鬘もしていなかった。疲れているのか下瞼は黒ずみ、頬はそげ、口元には不揃いの髭を生やし、指名手配の写真より十歳ほど老けて見えた。しかしレンズをまっすぐ見つめる双眸には力が感じられた。

「おととしでしたっけ、密室殺人ゲームのファイルがネットに出回ったのは。捜査員のパソコンがウィルス感染して流出しちゃったやつ。元祖である尾野宏明さんたちの」

顔つきから感じられるより、やや高い声だった。そして穏やかな口調だった。

「ヤベーと思いましたよ。完全にヤラレタ。とんでもなく超イカした遊びだ。自分も一緒にやりたかった。なんで誘ってくれなかったのかと悔しく思いもしました。流出した数々の資料を見返しては、あれこれ想像し、胸を熱くしたり溜め息をついたりの毎日です。車のカタログや旅行のパンフレットをトイレの中にまで持ち込むようなものですよ。同人誌が出ているとの情報を聞けば、限定百部を逃さぬよう、雨の中、ビッグサイトやメッセで行列したものです。

でもそうやって深く知れば知るほど、満たされない自分を感じてしまうんですよ。傍観しているだけでは我慢できなくなる。自分でもやってみたい。実際、僕と似たような人間は結構いるもので、密室殺人ゲームのフォロワーが次々と出てきましたよね。

けど、出てくる者出てくる者、ただのまねっこなんですよね。尾野さんたちが作りあげたフォーマットに乗っかり、問題を入れ替えただけ。これはカッコ悪い。コピーならやらないほうがまし。真のフォロワーというのは、模倣者とは違うんですよ。先人が築いたものを受け継ぎつつ、自分ならではの味を加え、一段違うところに持っていかなければならない。文化というものはそうやって継承発展していくものでしょう。

だから僕は、密室殺人ゲームへの欲求をつのらせながらも安易に手を出すことはしなかったのですけど、ある日閃いちゃったんですよ。たんなる模倣ではなく、次のステージに持っていく方法を。

これまでのゲームは、元祖にしろフォロワーにしろ、仲間内で行なわれていたじゃないですか。一人が問題を出し、四人が考える。警察に捕まるなど不可抗力で情報が漏れてしまうことはあっても、俺たち最近こんな遊びにはまってまーす、一緒にやらないか、と自分たちからアピールすることはいっさいなかった。五人だけの閉じた世界、まさに密室で行なわれていたわけですよ。

それをオープンにしてはどうかと閃いたのです。利益を囲い込むという発想は前世紀の遺物です。これからは共有と無償の時代です。部屋も車もメディアコンテンツも、シェアすることが最先端でしょう? プログラムもオープンソース。おいしいラーメン屋を見つけたら、自分だけの穴場にせず、SNSやブログに書き込み、店の存在を広く知らせる。だからといって、ラーメン屋に宣伝費を請求したりしませんよね。中にはサクラでの書き込みもあるでしょうけど。

密室殺人ゲームもこれだと。ミステリーとしての密室を扱うからといって、本人が現実の密室に閉じこもっていることはないんですよ。組閣の根回しとか土建屋の談合とかいう社会的な意味での密室も、時代と乖離(かいり)してるじゃないですか。もっともそれはあとづけっぽい理由で、家族の四人を前に居間でピアノを披露するより、東京ドームの五万人を前にイェーイとやるほうが血がたぎるじゃん、というのが発想の発端なんですけどね。

それはともかく、ではどうオープン化するかということですよ。参加者を大々的に募り、百人、千人が推理に参加するというのでは、たんに規模を拡大しただけで芸がない。むしろ散漫になってつまらなくなりそうだし、人数が増えるとまとめるのも大変だ。

で、ここでもう一つ閃いたんですよ。興味のある人をどんどん呼び込みながら、彼ら自身にはゲームに参加していると気づかせないことができたらすごくない？　野次馬気分でちょっと覗きにきたのに、気がついたら舞台に上げられていたと。

これまでのフォロワーの中にも、一人でゲームを行なった人は何人かいましたよね。大阪で老夫婦を殺した大学生とか、福岡で列車を止めたのとか。僕が考えたことは、同じ一人でも、彼らの場合とは行動原理がまったく違います。彼らは、考えついたトリックを運用しただけです。実現可能か試したかっただけで、仲間に問題として出すつもりもなかった。一人でなぞなぞ遊びをしているようなものです。自分のはそんな虚しい一人遊びじゃないから。一人で遊んでいること自体がトリックになっていて、それは傍観者のつもりで集まってきた人たちに対して作用するようになっている。一人芝居のゲームを別のゲームが包み込んでいるという構造なんですよ。

一人五役というのは、相手が視聴者だったからこそ成立したトリックです。映像や音響というのは、リアルを伝える手段であるのと同時に、いくらでも加工可能な素材であり、フィクションにも転用できるのです。

一つの部屋の中にパソコンやスマートフォンを五台設置し、それぞれのカメラの前にキャラクターを着かせます。〈伴道全教授〉、〈ａＸｅ〉、〈ザンギャ君〉、〈頭狂人〉、

〈０４４ＡＰＤ〉――キャラクターは五つですが、生身の人間は一人。四つのキャラクターは人間でないことになります。

番衆町ハウスを舞台とした最初のゲームにおいては、生身の自分は大半を〈伴道全教授〉のコスチュームで参加しています。では残りの四キャラクターはどうだったのかというと、〈ザンギャ君〉は水槽とカミツキガメを用意すればいいから問題ないとして、〈０４４ＡＰＤ〉は人形の上半身をピントをぼかして撮影、〈頭狂人〉と〈ａＸｅ〉は、それぞれのマスクを画面いっぱいに映るようカメラの前に置いておきました。ベイダーもジェイソンも全面マスクなので、その下に顔があるのか空っぽなのかはわかりません。

声は、声優なら肉声の使い分けができるのでしょうけど、自分は素人なので、音声編集ソフトを使いました。ボイスチェンジャーですね。あらかじめキャラクターごとにピッチを決めて四パターン記憶させておき、発言者に応じてスイッチを切り替えて喋っていました」

東堂はここでスマートフォンを取り出し、画面を指先で叩いたりなぞったり二本の指で広げるような動作をしたりしたのち、マイク部分に向かって喋った。

「五パターンの間違いじゃないか？」

肉声より低めの声が出てきた。東堂はスマートフォンの画面をタップし、もう一度マイクに向かって喋る。

「いいえ四つでいいのです」

さらに低くなった。東堂は今度は画面を二度タップし、マイクに向かう。

「〈044APD〉は無口なキャラクターなので」

ハスキーな感じになった。タップし、喋る。

「これをカメラのフレームの外でやったわけです。ハードウェアスイッチではないので、切り替えの音はしません」

そう甲高い声で言ったのち、東堂はスマートフォンをしまった。

「とはいえ、言うのは簡単ですが、キャラクターを使い分けるのは大変なことです。二つならまだしも、五つですからね。しかも、何時何分にどこそこにいたとか、何号室の誰それがとか、死因は失血性のなんとかかとか、やたらと細かい話をしなければならない。台詞をすべて諳んじ、なおかつ発言者が替わるたびに音声を切り替え、〈044APD〉の時にはキーボードを叩きというのは、かなり厳しい。というか、芝居経験が学芸会での馬の後ろ脚だけという自分には無理な話です。ですからあらかじめ完全なシナリオを書いておき、常にそれを確認しながらチャットの一人芝居を行ない

ました。〈伴道全教授〉と一緒にノートが映っていたでしょう。ぱらぱらめくってい
たり、映画監督のように丸めて握っていたり。あれがまさに台本だったのです。
長丁場のチャットなので、そこまで準備しても、間違ってしまったことが何度かあ
りました。〈aXe〉の台詞を〈頭狂人〉の声で喋ってしまったり、顔をあげたまま
〈ザンギャ君〉として喋ってしまい、〈伴道全教授〉が口を動かしているのがはっきり
わかってしまったり。そういう場合は撮り直しです。一からではありませんよ。間違
った箇所だけ撮り直して切り貼りするのです。デジタルデータはこういう加工が簡単
にできます。

さっき僕は、『最初のゲームでは大半を〈伴道全教授〉のコスチュームで参加し
た』と言いました。『大半』ということは全部ではないわけでして、ではどこに例外
があるのかというと、名古屋の部分です。あの場面では〈aXe〉が車を運転するの
で、自分が中の人になってやらなければなりません。すると〈伴道全教授〉がダミー
ということになりますが、彼を人形で代用するのはかなり危険なんですよね。完全に
顔が隠れる〈aXe〉や〈頭狂人〉と違い、〈伴道全教授〉は口元が露出しているで
しょう。喋っているのに口が動かないと怪しまれてしまう。そこで名古屋の場面で
は、〈伴道全教授〉は所用で不参加という設定にしました。

〈頭狂人〉も欠席させたのは、一人芝居の確実性を増すためです。車を運転しながらなので、台詞回しや音声の切り替えが難しいんですよ。台本はスマートフォンに表示させてたけど、横目で一瞬見るくらいしかできません。そして〈ａＸｅ〉のカメラは移りゆく車外の風景もとらえてしまうので、撮り直して切り貼りすると不自然になります。〈伴道全教授〉と〈頭狂人〉を抜けば、〈０４４ＡＰＤ〉は喋らないので、実質二人を使い分ければいい。しかも〈ａＸｅ〉と〈ザンギャ君〉のやりとりはパターン化しているので、台本とは違うことを言ってしまっても、アドリブで切り抜けやすいんです。

この時、〈ザンギャ君〉と〈０４４ＡＰＤ〉は大久保のアパートですよ。無人の部屋でウェブカムがカミツキガメと人形のシルエットを撮影していた。その映像に名古屋から送った音声を合わせたのです。そして別の日に行なわれた五人揃ってのチャットシーンと一緒にブロキャス24に投稿しました。〈頭狂ａＸｅ道全０４４君〉という投稿者名は、五位一体の徴(しるし)です。

ブロキャス24に投稿した動画の最後に、〈ａＸｅ〉が手斧を振りおろす場面があったかと思います。あのとき僕は〈伴道全教授〉の中に入ってました。〈ａＸｅ〉はジェイソンマスクを映していただけです。なのにどうして斧が動いたのかというと、

〈伴道全教授〉の席から操作できるよう、斧に細工を施していたからです。斧を振りおろすというのは単純な円運動ですから、小学生レベルの工作能力があれば十分です。

動画堂飯店へ投稿した動画の収録は苦労しました。指名手配されてしまい、大久保のアパートが使えなくなってしまいましたから。ま、密室殺人ゲームの動画を一度投稿すればどうなるかは予測していたので、その後については以前から対策を立ててましたけどね。山形の廃校にも四月から目をつけていました。

人里離れているので、侵入が見つかったり、収録中に人がやってきたりする心配はありませんでした。心配だったのはバッテリーです。廃校なので電気が通じてないんですよ。パソコンのバッテリーが切れたらおしまいです。

この時の収録でも〈伴道全教授〉に欠席してもらいました。〈ａＸｅ〉の出題回での〈頭狂人〉はベイダーマスクのみの出演でした。二回続けてまったく動かないのは不自然かなと。〈伴道全教授〉も休みすぎですけど、彼はこのあと単独での動画出演を計画していたので、いいかなと。

ということでこの回では〈頭狂人〉の中に入っていたのですが、終盤に〈ａＸｅ〉とスイッチしました。〈０４４ＡＰＤ〉に見破られた〈頭狂人〉がやけになって退席しますよね。このとき自分はどのカメラにも映らないよう注意して〈aXe〉用のパソコンのところまで移動すると、資料を探す名目で〈aXe〉を退席させました。手が映らないよう注意して、ジェイソンマスクをウェブカムの前から取り去ったのですね。そして自分がジェイソンマスクをつけ、〈aXe〉の席に戻っていった。

そのあともう一度スイッチしたの、わかります？〈aXe〉はわざと手斧を落としたんですよ。それを拾うためにかがんでカメラの前から姿を消し、戻った時にはマスクをかぶせたマネキンの頭部に替わっていました。で、自分はベイダーマスクをかぶって〈頭狂人〉の机に戻る。ちょっとした演出です。視聴者に向けての伏線。映像上でしか成立しないトリックなので、こういう機会じゃないと試せないんですよ。

アクロバティックなスイッチは、言葉で説明するほど大変じゃなかったけど、全体を通してＮＧを出さないよう緊張しましたね。バッテリーに不安を抱えていたため、撮り直しはまずいんですよ。失敗を避けるため、何カットにも分けて撮影し、編集でつなぎ合わせるというやり方もありましたが、そうするとライブ感が出ない。なので一発勝負に賭けました。〈頭狂人〉なのに〈伴道全教授〉の口調で喋ってしまった時には焦ったけど、なんとかアドリブで切り抜けました。それでホッとしたのか、そのあと二回続けて決定的なＮＧを出しちゃったりして。結果的には撮り直してもバッテリーはどうにかもちました。

次にアップした〈伴道全教授〉の独演会については、あらためて語るまでもないでしょう。複数キャラクターを操らなくていいし、台本を棒読みすればいいだけなので、楽勝でした。撮影は場末のビジネスホテルの部屋で行ないました。

生中継の予告を暗号にしたのは、〈七月一日午後二時から香港のCELL TVで生中継〉とまんま掲示板にでも書き込んだのでは、あなた方がつまらないでしょう。視聴者参加型のゲームなのですから。

そしてライブ当日となったわけです。

生というのは格別の緊張がありますね。撮り直しは絶対にきかないので、NGを出したらおしまいです。これに台本を映しながらやりますが、はたして首尾よくいくでしょうか」

と東堂が目元に当てたのはヘッドマウントディスプレイ、生中継時に〈伴道全教授〉が装着していたゴーグルである。レンズ部分の内側にパソコンの映像を出力させられる。それをはめたまま、東堂は続ける。

「〈ムービーポケット〉という動画投稿サイトがあります。サービスを開始したばかりのマイナーなところなのですが、日時指定で公開できるという特徴があります。たとえば、七月十日の八時と時間指定して七月一日の八時に投稿すると、指定の十日八時になるまでの九日間は視聴できない状態で保管されるのです。保管と指定時間での公開は自動で行なわれ、動画の中身をサイトの管理者に覗かれることはありません。

この動画はムービーポケットに時間指定で送ります。

七月一日の生中継がつつがなく終わったら、ムービーポケットにログインし、この動画が公開状態になる前に回収、破棄します。

もしこの動画をあなたが見ているのだとしたら、七月十日の八時現在、僕は自由にネットできる立場にないということになります。

逮捕されていたら、東堂竜生の供述はニュースで伝えられていることでしょう。けれど当然のことながら、僕の言葉がそのまま電波に乗ったり活字になったりするわけではありません。警察にしてもマスコミにしても、彼らにとって都合のいい部分だけを抽出拡大して伝えます。動機や生い立ち、取調べ時の態度については詳しく報じられるが、犯行の手順に関しては軽く流されてしまう、というのが自分の予想です。具体的に報じて、まねする人間が出てきたら困りますからね。

けれど今回ゲームに参加したあなたが一番知りたいのはトリックですよね。ですから一人五役の詳細をこうして語り遺しておくことにしました。

とはいえ、トリックとその解明に一番の興味があるあなたにしても、一般の方同様、これは知りたいのでしょうね。動画を公開したり予告つきで生中継したり、どうして自分から捕まりにいくようなことをしたのか？」

東堂はそこで言葉を止め、口元を両手で包み込んだ。そして何か自分でも考えるようにたっぷり時間を置き、ようやく口元から手を離すと、指を折りながら、一語一語嚙みしめるように語りかけてきた。

「一、死にたいが自殺できないので死刑になりたかった。

二、一人遊びに飽きた。

三、捜査のプロを相手に力試ししたかった。

四、これ以上殺人を重ねることを誰かに止めてほしかった。

五、フォロワーを戒めるための人柱。

六、インターネットは自己主張の場。

七、その他。百字以内で。

正解は――」

動画はそこで終わっていた。

解説　ジェイソンが駆け抜けた九週間について

佳多山　大地（ミステリー評論家）

十月三十一日

東京に来てから気づいた。ああ、今日はハロウィンだったのだと。

今年（二〇一四年）の鮎川哲也賞パーティに顔を出すべく上京したところ、山手線の車内になぜかアナやエルサがいる。暮れ残る時刻、定宿がある渋谷の街に降り立つとドラキュラ伯爵にボーダー柄の囚人、胸の谷間が見えすぎるナースたちが闊歩していて、いつも以上に賑々しい。なるほど、ハロウィンの日の東京はこんな騒ぎになっているのだ。

祭りのあとに接した報道では、今年のハロウィンの市場規模は前年比九％拡大して一千百億円に達し、今年二月のバレンタイン商戦の売上高を追い越す見込みだとのこと。古代ケルト民族の秋の収穫祭は、二十一世紀に極東の島国で子どもというにはとうに大きすぎる男女の仮装パレードとして定着し、とうとうクリスマスに次ぐ市場規模の一大イベントにまで成り上がったみたい。

——それはともかく。飯田橋のホテルで催された鮎川賞パーティの末席を汚し、二次会も終えて日付の変わるころ渋谷に戻ると、駅前のスクランブル交差点で偶然、ジェイソンのマスクをかぶったアーミー服の巨漢とダース・ベイダーのコスチュームで全身を固めた御仁（ごじん）が連れ立っているのに出くわし、思わず路上で足が止まった。

いったい彼らは、もともとが映画ファンだったのだろうか？　あるいは、都内の大学のいわゆる「ミス研」のメンバーたちであり、どこかの店に集（つど）った仲間内のパーティにはよれよれのレインコートを着たコロンボ刑事にアフロヘアの思考機械（シンキング・マシン）、それに忍者タートルズのラファエロも顔をそろえていたりして？　……いや、来月の末日締切で本書『密室殺人ゲーム・マニアックス』の文庫解説を引き受けていた僕は、まさか彼らがハロウィンの佳（よ）き日にオフ会を開いていた密室殺人ゲーマーの現実のフォロワーたちではなかったかと悪夢的想像をめぐらせる。信号が変わり、車のクラクションの音を浴びせられるまで。

「椙田(すぎた)氏のつまらぬトリックが小早川(こばやかわ)君に見破られなかったことを、あなたはふしぎに思われるかも知れません。しかしそれに気づかれたなら、殺人を延期すればよかったわけです」

——鮎川哲也「五つの時計」より

「もっとも、彼の隠れ穴に通ずる唯一の入口を四人もの男で見張らせているからには、現在のところは絶対安全だがね」

——G・K・チェスタトン「見えない男」／中村保男訳より

懲(こ)りない連中が帰ってきた。アフロの怪人〈伴道全教授(ばんどうぜん)〉、ダークサイドに堕ちた騎士〈頭狂人(とうきょうじん)〉、不死身のジェイソン〈aXe(アクス)〉、癇癪(かんしゃく)持ちのカミツキガメ〈ザンギャ君〉、そして無口なコロンボ〈044APD〉——そう、殺人上等にして人倫に悖(もと)るユーモアをふりまく危険な奴ら、現実の世界で実際に犯した殺人事件を俎上(そじょう)に載せて推理談義に花を咲かせる自称「密室殺人ゲーマー」の五人組がまたぞろ読者のまえに姿をあらわしたのだ！

本書『密室殺人ゲーム・マニアックス』は、現代日本のミステリー界でひときわ異彩を放つ気鋭の作家、歌野晶午（うたのしょうご）の手になる〈密室殺人ゲーム〉シリーズ第三弾にあたる。いずれも初刊は講談社ノベルス版で、のちに講談社文庫に入る刊行データを一覧にしておくとしよう。

①『密室殺人ゲーム王手飛車取り』二〇〇七年一月初刊 ⇩ 二〇一〇年一月文庫版刊行

②『密室殺人ゲーム2.0』二〇〇九年八月初刊 ⇩ 二〇一二年七月文庫版刊行

③『密室殺人ゲーム・マニアックス』二〇一一年九月初刊 ⇩ 二〇一五年一月文庫版刊行　**※本書**

このうち本書は、作者の歌野のシリーズ構想にはもともと存在しなかった作品であり、講談社ノベルス版のカバー袖（そで）に寄せられた作者の言葉によれば「外伝的エピソードである」。というのも、かつて歌野は『本格ミステリー・ワールド２０１０』（島田荘司監修）において〈密室殺人ゲーム〉シリーズの全体像は「本格ミステリーの誕生、発展、拡散のメタファー」となるよう思い描いており、「三部構成の大長編として書きはじめた」と表明していた。実際、『2.0』は先行する『王手飛車取り』の内容を発展的に継承するものなので必ず順番どおり手にとってもらいたいし、その事情は本書の場合も変わらない。いや、むしろ「外伝的」と位置づけられるからこそシリーズ既刊の二冊を味読のうえ繙かれるべきである。ともあれ、外伝的というからには、密室殺人ゲームのオリジナルメンバーのプライベートでも掘り下げたファンサービス色の強い内容のものではないか——などとすっかり油断しているのだとしたら、それは大きな間違いである。

断言しよう。私見では、『密室殺人ゲーム・マニアックス』は現在までの同シリーズのなかでピカ一の完成度を誇る出来映えだ。としてもそれは、過去二作の積み重ねがあってこそ成立する〝大技〟の演出が素晴らしいからであって、単独での評価になじまない作品であることは否定できないのだけれど。ともかくも本書は、謎と推理の〈本格ミステリー〉なるジャンル小説をマニアックに愛好する向きに深く突き刺さるメッセージの数々が込められて、結末の意外性も抜群な逸品なのである。

＊これより先、本書及びシリーズ先行作の内容に触れる箇所があるので、くれぐれ

もご注意ください。

　おなじみの顔ぶれを紹介する導入部に引き続き、今回の一番手、aXeが出題する「Q1　六人目の探偵士」の幕が上がる。フリーライターの男が密室状態の自宅マンションでaXeに殴殺された不可能犯罪を肴(さかな)にゲーマーたちは丁々発止(ちょうちょうはっし)と推理を戦わすのだが——なんとインターネット上の閉ざされた空間(クローズド・サークル)で行われてきた密室殺人ゲームの模様が広くネットの住人に向けて公開されている！　自らの犯罪にかかわる創意工夫を少数の仲間内に披露するのでは飽き足らなくなったaXeの独断専行により、AVチャットでのやりとりを記録した動画ファイルが、とある動画共有サービスに投稿されていたのだ。密室の謎については動画のなかで044APDがずばり解明するものの、被害者の死亡推定時刻に犯人のaXeが遠く離れた土地で警察に交通違反の切符を切られていた鉄壁のアリバイは動画閲覧者（＝読者）のまえに立ちはだかっている。つまりは、〈読者への挑戦〉形式が本書では前面化しているのだ。

　Q1において予め(あらかじ)〈遠隔操作〉をテーマに掲げていた出題者のaXeは、物理トリックとは「勝者の記録」であるのだと嘯(うそぶ)く。からくり仕掛けの物理トリックの成功可能性を怪しんでリアリズム重視のパズラーより一段低く見る傾向があるマニア筋に対して、見事なカウンターパンチを食らわせたと言うべきだろう。しかし、aXeがチャット動画を公開したことのツケはあまりに大きい。ジェイソンのマスクに隠された〝素顔〟を警察は突きとめて、物語はいよいよ緩急自在の後半戦に突入することになる。

いまや逃亡中の身のaXeに触発され、頭狂人もまた自らの問題を動画共有サービスにアップロードする誘惑に逆らえない。頭狂人が出題する**「Q2　本当に見えない男」**は、G・K・チェスタトンのひそみに倣う〈見えない男〉パターンを二段がまえで見せるものであり、トリックに前例が有るか無いかをめぐって読者それぞれの価値判断（作品の良否を決める評価軸）を問い直させる挑発的な仕上がりだ。さらに、今回の最終問題**「Q3　そして誰もいなかった」**で出題者の伴道全教授は、動画閲覧者（＝読者）を密室殺人ゲームの生中継に招待する。頭狂人の向こうを張って〈見えない男〉パターンを選択し、チャット仲間四人の〝視線の密室〟を突破して殺人を遂行しようと企てるわけだが……。

終幕の**「A&Q　予約された出題の記録」**でこの外伝的エピソード全体に仕掛けられた大技が暴露されるに至り、一人の読者である解説子は彼らシリーズ第三弾に登場した密室殺人ゲーマーに強いシンパシーを感じてしまう。前作『2.0』がそうであったように、密室殺人ゲーマーの五人組は、そっくり入れ替え可能だった。だが今回の五人組はネット空間を梃子（てこ）にして決して入れ替え可能でない自己実現――オンリーワンの存在だと現実世界で認められること――をもくろんだという点で、じつにどこにでもいる当たりまえの弱い人間にちがいない。深い孤独の影を帯びつつ自己顕示欲に憑（つ）かれ、匿名的でない居場所を現実世界に求めて九週間の時（五月八日〜七月十日）を駆けた今回のゲーマーに、旧来のプラットフォーム（家族／地域共同体）の空洞化がもたらした過剰流動性に堪えられない現代人の似姿（にすがた）を見て、胸をふさがれるのだ。今回のゲーマーの犯罪も確かに憎むべきものであるが、前二作の〝暴走っぷり〟とはずいぶん読後の印象が異なるのである。

「二〇〇八年」を時代背景とする本書の発表から三年余、「大長編」のおそらく完結編となるはずの第四作はいまだ始動されていないようだ。世紀を跨（また）いでインターネット社会化が加速度的に進むなか、完結編ではウェアラブル端末が活用されることが予想されるし、すでに今回のＱ２がＳＦジャンルと接近していたように、本格ミステリーとサイバーパンクのハイブリッドとしてその全貌をあらわすだろうか。本格ミステリーの未来像を果敢に先取りしようとする冒険者、歌野晶午の挑戦を刮目（かつもく）して待て。

本作品は、二〇一一年九月、講談社ノベルスとして刊行されました。

|著者| 歌野晶午　1988年『長い家の殺人』でデビュー。'04年『葉桜の季節に君を想うということ』で第57回日本推理作家協会賞、第4回本格ミステリ大賞をダブル受賞。'10年『密室殺人ゲーム2.0』で第10回本格ミステリ大賞をふたたび受賞。著作多数。近著に『ずっとあなたが好きでした』『Dの殺人事件、まことに恐ろしきは』『間宵の母』など。

密室殺人ゲーム・マニアックス

歌野晶午

2015年1月15日第1刷発行
2024年12月3日第9刷発行

発行者――篠木和久
発行所――株式会社　講談社
東京都文京区音羽2-12-21　〒112-8001
電話　出版　(03) 5395-3510
　　　販売　(03) 5395-5817
　　　業務　(03) 5395-3615

Printed in Japan

定価はカバーに
表示してあります

KODANSHA

デザイン―菊地信義
本文データ制作―講談社デジタル製作
印刷―――株式会社KPSプロダクツ
製本―――株式会社KPSプロダクツ

ISBN978-4-06-277982-1

講談社文庫刊行の辞

二十一世紀の到来を目睫に望みながら、われわれはいま、人類史上かつて例を見ない巨大な転換期をむかえようとしている。

世界も、日本も、激動の予兆に対する期待とおののきを内に蔵して、未知の時代に歩み入ろうとしている。このときにあたり、創業の人野間清治の「ナショナル・エデュケイター」への志を現代に甦らせようと意図して、われわれはここに古今の文芸作品はいうまでもなく、ひろく人文・社会・自然の諸科学から東西の名著を網羅する、新しい綜合文庫の発刊を決意した。

激動の転換期はまた断絶の時代である。われわれは戦後二十五年間の出版文化のありかたへの深い反省をこめて、この断絶の時代にあえて人間的な持続を求めようとする。いたずらに浮薄な商業主義のあだ花を追い求めることなく、長期にわたって良書に生命をあたえようとつとめるところにしか、今後の出版文化の真の繁栄はあり得ないと信じるからである。

同時にわれわれはこの綜合文庫の刊行を通じて、人文・社会・自然の諸科学が、結局人間の学にほかならないことを立証しようと願っている。かつて知識とは、「汝自身を知る」ことにつきていた。現代社会の瑣末な情報の氾濫のなかから、力強い知識の源泉を掘り起し、技術文明のただなかに、生きた人間の姿を復活させること。それこそわれわれの切なる希求である。

われわれは権威に盲従せず、俗流に媚びることなく、渾然一体となって日本の「草の根」をかたちづくる若く新しい世代の人々に、心をこめてこの新しい綜合文庫をおくり届けたい。それは知識の泉であるとともに感受性のふるさとであり、もっとも有機的に組織され、社会に開かれた万人のための大学をめざしている。大方の支援と協力を衷心より切望してやまない。

一九七一年七月

野間省一